Chongas

Jovens, rebeldes e solitários

Chongas

Jovens, rebeldes e solitários

EDUARDO ALVES DA COSTA

SESI-SP editora

SESI-SP editora

Conselho Editorial
Paulo Skaf (Presidente)
Walter Vicioni Gonçalves
Débora Cypriano Botelho
Neusa Mariani

Dados Internacionais de Catalogação na Publicação (CIP)

Costa, Eduardo Alves da
　　Chongas / Eduardo Alves da Costa. São Paulo: SESI-SP Editora, 2016.
　　184 p. (Quem lê sabe por quê)

ISBN 978-85-8205-582-3

1. Literatura brasileira 2. Romance

CDD – 869.935

Índice para catálogo sistemático:
1. Literatura brasileira: Romance

Bibliotecária responsável: Josilma Gonçalves Amato CRB 8/8122

SESI-SP Editora
Avenida Paulista, 1.313, 4º andar, 01311-923, São Paulo-SP
Tel. (11) 3146-7308 editora@sesisenaisp.org.br
www.sesispeditora.com.br

Para Maria Luisa
e nossos filhos
Fabio e Alessandra

Apresentação	9
I	15
II	21
III	27
IV	31
V	37
VI	41
VII	45
VIII	49
IX	53
X	57
XI	63
XII	69
XIII	73
XIV	77
XV	81

XVI	87
XVII	93
XVIII	99
XIX	107
XX	113
XXI	119
XXII	123
XXIII	129
XXIV	133
XXV	141
XXVI	147
XXVII	153
XXVIII	159
XXIX	165
XXX	173

Apresentação

Antônio Houaiss

Parodiemos uma formulação do actante principal deste romance: na natureza chongas se cria, chongas se perde, dundos se transforma. Basta estar a par da biografia externíssima de Lavoisier para ver que a paródia é paródia de uma paródia e que, apesar disso, chongas é claro como água clara e dundos, decorrentemente, também o é.

Reduzido o relato à sua essência naqueles termos, poder-se-á pensar que aqui temos um romance que trata do nada ou, pior, de nada. Mas não é isso: o niilismo aparente não esconde uma sôfrega agitação de busca, que vai da maravilhosa São Paulo vista hiperautocriticamente como ronceira e rotineira até o sofisticado Ipanema visto como supra-sumo da pornô carioca ou, pelo menos, do ambiente mais sexualmente dadivoso que se imagine: tudo se transforma, nesse evolver.

Essa caminhada — São Paulo a Ipanema — leva um lapso de tempo não explicitado cronologicamente, mas vivido psicologicamente e pervivido, numa psicologia, como medo do tempo biológico — os trinta anos de vida estão chegando, o fim está chegando. Nesse evolver, uma mulher em O... é imagem aparentemente obsessiva, mas ao de leve; tanto que, fora do baralho, se multiplica em uma série de mulheres em O...: a mulher são as mulheres, em O... ou em X...

Eis alguns dos ingredientes principais. Com matéria-prima ou matéria-bruta tão escassa, poder-se-á concluir a priori que este é um romance malogrado.

Ora, é isso, precisamente, que ele não é — desde que admitamos que são vários os caminhos do romanesco necessário a uma expressão estética abrangente que só se poderá atingir colegiadamente.

A modernidade do discurso deste romance — e que se me perdoe lembrá-lo pelo que tem nos seus elementos denotativos frustres e conotativos prenhes, pelos seus recursos metafóricos, metonímicos, alegóricos, entimemáticos, metalinguísticos — oferece-nos, para surpresa, o poético claro e inambíguo numa primeira mão, com um elenco verbal quase coloquial, numa sintaxe já tornada canônica, tudo isso à primeira vista. Mas essa primeira vista se transforma também, no correr da leitura: o já visto se revela aos poucos visto pela primeira vez; o já dito passa a revestir o inaudito; a pobreza de caracterização se faz caracterização marcada; a superficialidade, a insuficiência, o deslize, as omissões, as lacunas se revelam componentes necessários à coerência íntima do todo mentado e verbalizado: é bem a expressão de uma mente que busca ver a vida como fazedor de versos — e refiro-me ao actante, não ao autor.

(É possível, e mesmo provável, que haja uma transfiguração piedosa ou impiedosamente caricatural, autobiograficamente caricatural, do autor no actante; mas como não conheço Eduardo Alves da Costa, a não ser por escritos seus de poeta e de romancista, excluo de plano qualquer busca do autobiográfico, o que aumenta a recepção estética do romance.)

Já de há muito o erro — gramatical, referencial, estilístico mesmo — e o ato falhado — verbal, gestual, mental — foram incorporados ao relato, enriquecendo-lhe a carga vetora da linguagem. O mesmo se dirá da enumeração caótica, da observação caótica, das imotivações aparentes. E, ainda, do estilo indireto livre, do monólogo interior, do diálogo interior, do paciente reflexo, do objeto agente. E, mesmo, da metalinguagem como expressão da tomada de consciência dos automatismos verbais ou como deliberado automatismo verbal desclassificador. Aqui há de tudo isso. Apenas, aqui, há um grão de sal que o singulariza: tudo isso vem, mas numa aparência algo canhestra, para configurar a defasagem entre intencionalidades difusas e realidades e consumações que quase não têm que ver com o peixe, para configurar um universo verbal (e possivelmente real) de malogros, de castrações, de incompletudes, numa construção de humor anti-heroico, num às avessas de Oblomov e Quixote, mas com oblomovismo e quixotismo. O que faz do actante e de sua periferia, nas suas vivências mentais e nos seus simulacros de gestos e ações e comportamentos, um pequeno mundo que não se realiza, que se transfere ou adia sempre, sem integrar-se, num jogo de títeres que não podem fazer-se gentes — e daí um patético subcolor pudico e ridículo, numa pungência risível, caricatura de uma imperícia perita que monta uma fração do universo real da São Paulo desse grupo etário social e classalmente delimitado e auto fechado, fadado a ser chongas através de seus sonhos que se embotam., de suas pretensões que se irrealizam. Construído assim, o romance numa primeira reação desavisada pode parecer um malogro, porque quer parecer um malogro. O que só descobri à segunda leitura.

Para evitar-lhe dupla leitura, rogo ao leitor lê-lo como deve, isto é, de pernas para o ar — figuradamente, se o quiser. É quando o romance se revela com os pés fincados numa terra, existente, mas terra sáfara fadada a malograr todas as sementes. E, se uma obra se propõe algo — no caso, refletir ou traduzir essa esterilidade —, este romance realiza-a com mão de mestre.

E numa escrita diabalmente aliciante.

I

Quando Olívia chegou ele já estava bêbado, falando inglês. Sempre que bebia falava inglês, perdia a inibição, era capaz de passar a noite inteira praticando — *I'm Lancelot, the guardian of the bathroom*. Segurava a porta do banheiro, tinham perdido a chave, enquanto ele estivesse de guarda, Olívia podia fazer pipi sossegada. O apartamento era pequeno, estavam todos muito apertados, ele precisava forçar a respiração, um sujeito resolveu brincar de malmequer, um tipo original, atirou vinte e oito garrafas pela janela, vinte e oito e mais um vidro de sabão Aristolino, que não era de vidro, era de plástico. Mas isso foi mais tarde. Agora eles dançavam, ele e Olívia, música espanhola, todos batiam palmas, levantando os copos e rindo muito alto. Eles se conheceram numa conferência, ele falava de literatura, para alguns estudantes, e enquanto falava não prestava a menor atenção no que dizia, porque ele tinha visto Olívia e falava para ela, para aqueles olhos verdes e atentos. Ele nunca reparava nos olhos de ninguém mas sentiu que, nos olhos dela, podia se demorar um tempo infinito e redescobrir o mundo. Sentiu também que tudo o que fizesse com ela seria bom e lhe acrescentaria alguma coisa que ele poderia usar o resto da vida. Ele falava de *Beat Generation*, um pouco porque era moda e também porque ele se sentia sozinho e lhe fazia bem falar de jovens rebeldes e solitários. Ele era um *beat* mas ninguém notava, porque ele era um *beat* de gravata, bem comportado. Todos esperavam que ele fizesse loucuras, porque ele não aceitava o mundo burguês, mas ele trabalhava como burocrata e batia o ponto direitinho, vivendo sem muito alarde. Por isso havia quem zombasse dele,mas ele não ligava, estava certo de que o tempo esclareceria melhor as coisas. Ele conhecia um rebelde que gostava de xingar a mãe na hora do almoço. Ela ficava triste, uma boa senhora, procurava dizer qualquer coisa que amenizasse aquela agressividade, mas só conseguia enfurecer ainda mais o rebelde. Um dia, depois de comerem alguns pratos deliciosos, de porcelana, foram para o quarto do rebelde e se puseram a discutir filosofia. Quando o rebelde estava chegando ao cume de uma dissertação sobre o Existencialismo, alguém bateu na porta. O iracundo explodiu e avançou em direção à mão que, maternalmente, se insinuava pela fresta, o suficiente para lhe entregar alguma coisa que o rebelde se apressou em recolher. O rebelde recebia mesada. A conferência terminou, ele foi apresentado a Olívia e quando lhe disseram que ela ainda não tinha vinte anos e falava seis idiomas ele sentiu que se entregava. A mulher dele se entregou bem menos. O casamento desandava, ele forçava o freio de mão, sem resultado. Olívia era mais uma ameaça. E ele pensava — sou um rebelde totalmente desacreditado —, na casa do sogro o tratavam com certa complacência, quando ele se exaltava procuravam dissuadi-lo com boas palavras. A mulher punha panos quentes, você não deve levar as coisas tão a sério, meus pais são um pouco antiquados; mas aos pais ela dizia que ele era um tanto infantil e se tivessem paciência, com o tempo tudo se arranjaria. Ela fez esse jogo durante alguns anos, até que um dia a coisa veio a furo e ele pegou nos livros, encheu duas malas de roupas e foi embora. Ela ficou no apartamento e ele voltou para a casa dos pais, um santo. Procurava refúgio na imagem de Olívia, ficava o tempo todo pensando nela, sem saber onde encontrá-la. Até que um dia, quando já estava quase desistindo, foi convidado para uma festa na casa de outro rebelde, que reuniu praticamente toda a *Beat Generation* de que a cidade podia dispor na ocasião: uns quarenta sujeitos, basicamente de ambos os sexos, muito chateados por não terem com que se chatear. Quando Olívia chegou, ele já estava bêbado, falando inglês. Sempre que bebia, etc. Estava cada vez mais bêbado e seu inglês cada vez mais perfeito. Não via nada além daqueles olhos verdes e o movimento dos pés descalços e umas pernas que não o excitavam porque ele estava demasiado bêbado e apaixonado para a desejar. Ele continuou a falar no seu inglês colonial, ninguém compreendia mas não tinha importância, aquele olhar que vibrava entre eles não precisava de explicações, sentiam-se unidos pela dança e cresciam até os outros, que erguiam os copos e batiam palmas, rindo, rindo muito alto, até que chegou a polícia. Porque o artilheiro tentou acertar uma velhota que passava lá embaixo, na calçada. A garrafa era de champanha e tinha descido mais depressa que o previsto, o infante resolveu atirar as que sobravam, todas de uma vez, e mais o vidro de sabão Aristolino, que não era de vidro, era de plástico. Os policiais olhavam para as paredes cobertas de inscrições — Deus morreu! Abaixo a burguesia. Pau na sua tia — e achavam graça. Até que um deles resolveu conferir: que história era aquela de Deus ter morrido? A partir de então, a festa estava irremediavelmente encerrada.

II

Subiram num ônibus, às pressas, ela guiava o carro do pai mas naquela noite estava a pé, ele fez a viagem toda rindo e falando inglês, àquela hora o ônibus ia quase vazio, apenas o rebotalho sonolento e amarrotado, que logo compreendeu qual era o drama e se sentiu solidário com o *gringo* apaixonado. Quando chegaram à casa de Olívia ele se sentiu mal e vomitou no jardim. Olívia sorriu, ela gostava de viver aquele tipo de aventuras e nisso ela era diferente de todas as pequenas que ele tinha conhecido, que por sua vez eram diferentes de todas as outras, cada qual a seu modo. Ele ainda não sabia que para ela era tudo uma aventura, foram se descobrindo aos poucos, ela a princípio não falava, ficava o tempo todo olhando pra ele, como se aprovasse cada maluquice que ele fazia. O sorriso de Olívia era um estímulo, porque se ela sorria tudo estava certo e ele não precisava se preocupar em medir o que estava fazendo. Então ele acabou de vomitar e lavou o rosto e os dois entraram na casa dela, uma casa enorme, com bastante silêncio lá dentro. Foram para a cozinha e Olívia preparou um café, ele não podia tomar café, quando bebia ficava nas últimas, preferiu comer um pedacinho de queijo e acabou tomando café com leite, pão, manteiga, frios e um pouquinho de geleia. Os dois se olhavam e não sabiam o que dizer, porque tudo parecia natural e era bom que eles tivessem se encontrado e no que dependesse dele nunca mais sairiam dali. Conversavam em voz baixa, com medo de acordar a empregada, não tinha importância acordar o pai de Olívia, um sujeito formidável, que gostava um bocado da filha e não se aborrecia com essas bobagens que a maioria dos pais vive recriminando, por excesso de imaginação. Mas a empregada não queria ser importunada, porque no dia seguinte precisava cuidar da casa, que era grande, com uma porção de coisas difíceis de limpar. Começaram a contar alguns segredos do pequeno passado que já possuíam, ele sabia que era penoso falar daquilo que a gente julga a face mais feia de nossa vida e, para Olívia, uma porção de acontecimentos, que depois se tornaram simples, naquela época pareciam muito complicados e lhe causavam sofrimento. Ele procurou ajudá-la, tudo poderia ser superado se ela aprendesse a lutar contra aquela tristeza que os olhos dela mostravam mesmo quando ela sorria. A coisa ia muito bem e ele começava a se sentir um sujeito formidável, embora precisasse se esforçar para entender o que dizia, porque estava tão bêbado que falava automaticamente, procurando manter os olhos abertos. A cozinha o constrangia, era bonita demais, os ambientes luxuosos o inibiam. Não devia ter comido tanto, agora precisava controlar a náusea e se aborrecia por fazer tão má figura. Depois eles foram para a sala, uma das salas, onde podiam falar um pouco mais alto. Ele precisava lhe dar um beijo antes que amanhecesse mas se lembrou de que devia estar com um hálito de cão, perguntou onde era o banheiro e cambaleou pelo corredor.

Lavou as mãos, olhando-se no espelho, careteou e percebeu que alguns pelos lhe cresciam dentro das orelhas, um descuido imperdoável. Mas não se deixou abater, a toalha era vermelha, o que não tinha importância mas ajudava a mantê-lo atento, *um poeta é antes de tudo um atento*, ele estava sempre ligado e sabia que a toalha era vermelha e que ele tinha bebido até o ladrão e que se não bolasse uma saída perderia a oportunidade de conquistar Olívia. Sentiu vontade de urinar, deixou a torneira aberta e compôs uma peça em dueto, erguendo os braços, como se estivesse se equilibrando numa bicicleta. A boca estava seca, examinou os dentes no espelho, abriu a porta do armário à procura de pasta, esses banheiros de andar térreo nunca têm pasta de dentes, abriu mais a torneira e mergulhou a cabeça na água, cantarolando, não encontrava a toalha — *merde!* —, molhou o colarinho. Voltou para a sala, Olívia estava ouvindo música. Procurou manter-se afastado, embora desejasse ficar junto dela, que agora dizia qualquer coisa a respeito do irmão, ele queria honestamente que o irmão... ao menos por enquanto. Só pensava em beijá-la, assim, sem mais, ele sofria do estômago, do fígado, mas estava apaixonado, Olívia não se importou, retomou o beijo e o prolongou até o amanhecer. E eis que o jardim ficou iluminado pelos primeiros raios de sol, um jardim bem cuidado, como se toda a casa obedecesse a um plano elaborado por um arquiteto, sem qualquer toque pessoal. Ele pensou em lhe dizer alguma coisa que ajudasse a vencer aquela repentina tristeza, Olívia se estendeu no sofá e permaneceu queda, pensando em algo remoto e sombrio, que lhe punha nos olhos uma dor quase palpável, uma dor que era para ele um desafio. Sim, um desafio. E embora sofresse, ou talvez por isso, Olívia lhe pareceu ainda mais bela. Mas ele sabia que aquilo tudo era um jogo e se sentiu tão vazio que desejou estar longe, sozinho. E como ele começasse a falar sem convicção, Olívia se despediu formalmente e o acompanhou até a porta. Até as duas portas.

III.

Durante o almoço, a empregada examinou-o discretamente. Ele botou uma expressão honesta, para impressioná-la, sabia o quanto a mulher influía naquela casa, ela segredou qualquer coisa ao olívio de Ouvida e esta espocou numa gargalhada óbvia. E como suas gargalhadas fossem raras, ele pensou que vê-la rir daquela maneira poderia causar problemas a um homem. Olívia disse que estava com sono e subiram para o quarto, um aposento bem iluminado, com uma porta que *dava* para o terraço. Olívia se deitou e ele foi tomar fresca, porque lhe pareceu que uma pequena retirada ajudaria a lhe mostrar que ele não precisava ficar agarrado a ela. Acendeu um cigarro, ele não fumava mas andava com um maço no bolso, não via como dizer não fumo se todo mundo ao redor o obrigava a tragar, em segunda mão. No quintal vizinho, um cão negro olhava para ele; e a empregada, que estendia algumas peças de roupa, olhava para ele; e ele sorriu para o cão que olhava para a empregada, sem muita convicção, que olhava pensando que o cão estava acostumado a ver outros jovens naquela posição, conjecturando, naturalmente, que ambos iriam entregar-se a licenças, ele e o cão, a empregada e o cão, ele e a empregada, Olívia e ele, a empregada e Olívia, Olívia e o cão – isso não. Desviou os olhos e voltou para o quarto. Olívia dormia. Beijou o rosto de Olívia. Olívia estremeceu. Olívia estava desprotegida. Ele acariciou os cabelos de Olívia. Olívia abriu os olhos. Ele e Olívia ficaram se olhando. Ele esperou que Olívia sorrisse. Que Olívia dissesse qualquer coisa. Mas Olívia não se mexia. Os olhos de Olívia tremiam. Ele aproveitou para ver se os olhos de Olívia ficavam estrábicos, porque uma vez tinha namorado uma garota linda linda e só percebeu que a guria era zarolha quando a apresentou ao pai, um especialista. O velho disse que estava tudo muito certo e que ele podia até se casar com a pequena, só que o olho esquerdo dela olhava pro direito. Ele ficou deprimido e nunca mais conseguiu falar com ela sem se postar na vigília daquele olho. Mas Olívia era perfeita, ele não aguentou a tensão. E lhe. Deu um bei.Jo. Que durou. Mais. Do que o. Tempo todo que Olívia tinha ficado. Olhando. Pra e. Le. Então ela despertou daquela seriedade e o abraçou, bem juntinho, e os dois ficaram se olhando e se compreendendo. Ele estava sentado no chão e ela na cama, nem teve vontade de apertar ela inteira, á-la inteira, não porque não tivesse vontade mas porque aquele momento era tão sublime que ninguém se lembrou de apertar o outro mais do que o pouco necessário para duas pessoas se sentirem integradas. Mas, de repente, como se houvessem combinado, se levantaram e se beijaram, com medo de se perderem. E ficaram assim até que a morte os separasse. E ele teve uma cãibra, como aquela vez em que interrompeu uma aula de Teoria Geral do Estado, com um grito fininho. Enquanto ele se esfregava, o quarto era todo enfeitado com uma porção de objetos matusquelas, tinha até uma cabeça de boi, ossos e chifres, quando a dor passou. Olívia estava novamente triste, ele compreendeu que aquela nuvem podia toldar a qualquer momento e resolveu abagunçar. Olívia o repeliu, ele ficou furioso e desceu a escada — plá! plá! plá! — mas no meio do caminho, arrependeu-se. Voltou, pediu desculpas, no olhar, Olívia segurou a mão dele como pra dizer que aquilo era uma tristeza boba, que logo passaria. Ele ficou esperando e a tristeza boba cresceu entre os dois, aquela angústia toda querendo irromper, derrubar todas as resistências, para que eles se abraçassem, a tristeza começou a doer no peito dele com violência, as mãos se separaram, o submarino estava desgovernado, a tripulação em pânico. Desceu as escadas, apertando a garganta, até chegar à rua e poder chorar.

IV

Saíam todas as noites, às vezes se encontravam à tarde, ele gostava de estar sempre ao lado dela, porque Olívia era uma prova de que ele existia. Durante vários anos sua vida tinha sido uma sequência de atos previstos e ele estivera submetido de tal modo à vida familiar que chegou quase a se esquecer de como eram as coisas lá fora. Agora, enquanto rodavam pela Nove de Julho, ele se lembrava da roupinha branca e da raquete de tênis, batia na bola com raiva, pensando que aquilo tudo era uma loucura e que ele não tinha nada a ver com aquele pingue-pongue sofisticado. O sogro fora muito gentil, ele não queria título nenhum de presente, um dos melhores clubes da cidade, a mulher vivia insistindo para saírem um pouco mas ele não gostava da vida ao ar livre. Não tinha sentido o ar ser livre e a vida presa. Preferia ficar em casa, lendo um livro ou escrevendo. Precisava aproveitar o tempo antes que a velhice chegasse, a velhice e a morte. Sentia certo receio de bater com as dez antes de concluir sua obra. Que obra? lhe perguntou um dia o Dr. Ibrahim. E de um momento para outro ele se viu desamparado, percebeu que era um estúpido pretensioso, como se uma obra pudesse ser construída em abstrato, na cabeça da gente. Passado o primeiro choque resolveu que se contentaria com um livrinho mais simples, acontece que o livrinho não saía, os amigos viviam lhe cobrando o romance, então começou a lhe crescer na mente a ideia fixa de que a mulher estava atrapalhando, impedindo o livre desenrolar de sua genialidade congênita. Sempre que resolvia escrever ela lhe aparecia de camisola e a pouca vontade de labutar nas letras ia por água abaixo, superada pela atividade braçal. Os dois se punham a cavar até de madrugada e os papéis ficavam esquecidos na escrivaninha. No dia seguinte, procurava se inspirar, olhava pela janela, suspirava, colocava o indicador da mão direita na fronte; mas assim que as primeiras frases começavam a ganhar corpo, a mulher o interrompia com a proposta de uma visita à casa dos pais. Resistia, alegava que não podia abandonar o personagem no banho, rogava-lhe com os olhos, as mãos, os joelhos, até que ela se punha a chorar e a bater com as patas no chão. Um dia ela se distraiu e ele publicou um livro de contos. Antes não o tivesse feito, a sorte do mundo não se alterou (a verdade é que ele amava a mulher), o livro era detestável, um Dostoievski de subúrbio, mal assimilado. Olívia lhe passou a mão pela nuca, ele sentiu um calafrio e olhou para as pernas dela, acelerando, um passageiro do coletivo a montante procurava tirar partido da mesma e provocante cena, lançando um atrevido olhar, ele ameaçou abrir a porta e o adolescente se fez de Apolônio, seguindo com o queixo a trajetória do carro a jusante. Você ficou triste? Ele sentiu um nó na garganta, de marinheiro, agora não havia sinal de agressão naquela voz, chovia, a tarde era cinza, ele viu os narcisos e pensou novamente na morte, a morte devia ser assim, como aquelas tardes frias de São Paulo, quando *no pasa un carajo*. Olívia dirigia muito bem, gostava de correr, os pneus cantavam e ele acompanhava as curvas com o corpo. Abriu o vidro e recebeu o vento no rosto, isso era bom quando havia sol, agora teve que fechar a janela e os vidros ficaram cobertos de suor. Você está triste? Ele riscou uma zebra no para-brisa, uma zebra rudimentar, insignificante, que não resistiria a um exame superficial. É uma zebra — justificou, sorrindo, um pouco desajeitado. Olívia esticou o braço e desenhou uma árvore. No fundo ela precisava de aconchego, pensou ele, mais com relação a Olívia do que à zebra.Como seria bom se tudo acabasse bem. Mas ele sabia que esse negócio de dar certo era tolice. Como é mesmo aquela frase do Hemingway sobre o fim de todos os casais felizes? *Madame, todas as histórias, quando levadas suficientemente longe, acabam na morte.* Não, eu não estou triste. Sentia-se mal, a felicidade não o seduzia, achava incrível que todos a procurassem. Mas, embora não acreditasse nela, desejava conquistar Olívia, refugiar-se no amor, para que a vida lhe corresse mais leve e ele pudesse encontrar — por que não admiti-lo? — um pouco de felicidade. Olívia acendeu um cigarro — está pensando na sua mulher? —, o rosto levemente iluminado pela chama do isqueiro, e, acariciando-lhe o joelho, pediu-lhe com o olhar que a perdoasse por tocar num assunto que o aborrecia. Ele resmungou, desviando o rosto e mantendo o joelho, Olívia diminuiu a velocidade e parou numa rua deserta. Você me ama? Ela nunca respondia a essa pergunta mas, embora não o dissesse, havia amor na maneira como ela o beijava, no jeito dela olhar para ele quando ficava zangada, um amor estranho, inseguro, mas por enquanto isso lhe bastava. Merda, será que essa chuva não passa?! Não, Olívia jamais diria uma coisa dessas. E por que não?

V

A casa de Olívia era o refúgio da *Beat Generation* local. Alguns haviam tentado a rebeldia a seco e concluíram que o protesto, por si mesmo, não tinha sentido. Os mais exaltados arrancavam as rolhas com os dentes: vai de Cuba? Todos iam de Cuba, com bastante gelo. Segurou o braço de Olívia e disse que precisava falar com ela. Subiram ao quarto. *Você não pode beber desse jeito*, ela falava por falar, porque se ele morresse — imaginou-se tendo um enfarte na escada, caindo aos trambolhões — daria na mesma. Escuta, meu bem, eu não aguento mais, dizia, metendo a cara no copo e sentindo que o fígado se desmanchava, foi assim que Fitzgerald se estrepou. Não precisava olhar daquele jeito, ela sorria, sabe? eu conheci o Jorge Amado na Bahia, pessoalmente. Quando se beijavam ele tinha certeza de que Olívia o desejava, mas, antes de se deitar com ela, exigia uma rendição incondicional. É verdade mesmo esse negócio do Jorge? Ela começou a falar da viagem, do oficial norueguês, um oficial de marinha, jovem, que tinha sido atencioso com ela e que recebia uma preta a bordo, uma puta de Salvador, uma dona engraçada, que no início implicou com Olívia mas acabou fazendo amizade e a convidou para conhecer a *boca* do cais. Você está se sentindo melhor? Não, ele nunca ia se sentir melhor, porque aquela gente lá embaixo devia fazer alguma coisa, estavam todos se perdendo, ele também, podiam construir uma nação, já pensou, você Diretora de Turismo? Em vez de ir para a

Europa, bolar um jeito de trazer os *gringos* pra cá?! Eu podia ser no mínimo embaixador. Você acha graça? É preciso ter... Era preciso ter o quê? Naquele momento ele só queria uma palavrinha de Olívia mas ela preferia contar prosa, insistir naquela história do Jorge Amado, só porque ele tinha dado uma prova, uma prova que até mesmo o Dr. Ibrahim reconhecia, porque o Jorge tinha posto o rabo numa cadeira e conseguia vender o seu peixe. E o que foi que nós fizemos até agora? Ele queria que alguém lhe dissesse alguma coisa com o mínimo de sentido, alguém que não o enrolasse com duas ou três frases, para que tudo deixasse de ser um jogo — o rato roeu a rola do rei de Roma. Palavras, meu anjo! Meteu a cara no copo, não tinha dinheiro para ir à Europa, era filho de imigrantes e trazia no sangue uma nostalgia, um anseio de rever a terra dos ancestrais, que o punha inutilizado. Sentia-se humilhado por não conhecer Paris, *a gente não pode acompanhar a conversa das pessoas*, qualquer débil mental contava o que havia do outro lado do Atlântico, provava que a África não existia, esnobava com a maior tranquilidade. Desceram, uma bicha repetia os versos de Fernando Pessoa, como se polisse o fundo de uma panela, alguns dormiam debaixo da mesa, *very beat*, estavam todos de porre, expondo pontos de vista: *As Elegias de Duino*? *Ora, façam-me o favor!* Ele sentiu que ainda lhe restavam forças para escapar. Dá licença?

VI

Não havia pressa, ele podia terminar a bolinha sossegado. Era uma bolinha igual a milhões de outras que as pessoas fazem pelo mundo afora. Às vezes começava uma segunda bolinha e, como não tivesse paciência, não chegava a completá-la. Ele estava sozinho na casa dos pais, a sala era pequena, atravancada de móveis sólidos, que ficariam bem num cômodo maior. Sentado na poltrona, escutava os ruídos que a mãe fazia no quintal. De vez em quando, as duas cadelas que ele tinha recolhido na rua começavam a correr, atropelando a bacia de roupa ou a grade de madeira. Se o pai estivesse em casa eles ficariam conversando sobre o futuro. Acabou de dar os últimos retoques na bolinha, sem sobressaltos. Quando a bolinha ficou pronta ele achou que as ideias começavam a fazer sentido, como se tivesse amassado os pensamentos na ponta dos dedos e agora lhe fosse possível libertar-se deles com um simples gesto. A mulher ficava irritada, não adiantava explicar que aquele hábito de fazer bolinhas vinha dos faraós e que no Museu do Cairo existem várias reproduções de múmias extraindo matéria-prima para bolinhas reais. Voltou à sala e ligou a televisão, não gostava de futebol, desligou, era um jogo muito espalhafatoso, todo mundo gritando que nem louco, uma vez, no Maracanã, viu uma senhora berrando juiz filho da puta, muito à vontade, naquele tempo sua visão das mulheres era filial e a senhora desovando o verbo daquele jeito. Ficou traumatizado. Não tinha paciência para acompanhar vinte e dois sujeitos que ele não conhecia pessoalmente e que por certo não se preocupavam em meter a bola na rede, vinte e dois sujeitos que não se matavam de trabalho, no que estavam certos, porque correr noventa minutos sempre lhe pareceu coisa pra cavalo, enfim, uma porção de razões que ele não se atrevia a comentar em público, iam dizer que ele não passava de um intelectual afastado das massas. O futebol era o circo, só faltava resolver o problema do pão. Sentiu-se aprisionado numa lata de pêssegos em calda, Olívia poderia arrastá-lo novamente à vida, com ela o ritmo era diferente, em sua companhia ele rendia muito mais com o mesmo combustível. Bebeu outro cálice de licor e foi para o quarto se vestir. O vento movia os galhos da figueira contra as grades da janela, a tarde estava chegando ao fim, uma tarde estúpida de sábado, que o punha irritado, por sentir que não havia nada a fazer. Era um adolescente de quase trinta anos, pertencia a várias gerações, já fazia uns dez anos que era considerado uma das maiores promessas entre os novos poetas. E não tinha publicado nenhum livro de poemas. Como é que pode? Meteu uma perna dentro da calça e apanhou a camisa. Procurou as abotoaduras, há dez anos estou aí, na jogada, conversando, discutindo, tendo até alguns seguidores.Sentiu um cheiro de queimado, estava na hora de tirar a picaretagem do fogo. Quando chegou à casa de Olívia, a empregada lhe disse que a menina tinha saído, se ele quisesse podia esperar, ele não sabia onde ir, a cidade lhe era hostil, uma cidade sem árvores, como é que esses débeis mentais conseguiram cortar todas as árvores? para não sujarem as ruas? desde quando folha seca é sujeira? cimentavam tudo, uma fobia do verde que ia acabar em balão de oxigênio portátil, uma praga de cacos de cerâmica e ainda tinham a ingenuidade de chamar aquilo de jardim. Olívia talvez demorasse, o pai chegou e passou por ele com um fique à vontade, ele pensou no sogro, sempre que conhecia um senhor de meia-idade se lembrava do sogro, com o pai de Olívia seria diferente, o sogro tinha sido simpático nos primeiros tempos, o pai de Olívia era um grande sujeito, eles tinham se topado logo de entrada, estava preocupado com as prestações. O velho aprovava o namoro, ele desabotoou o colarinho e estirou as pernas no sofá, enquanto houvesse uísque estaria salvo. Abriu um livro, ao acaso: "Com que lindo movimento do rabo e com que graça, encantadora Fótis, mexes essa panela! Papa fina. Feliz e favorecido pelo destino será aquele a quem permitires enfiar o dedo aí". Pensou em Olívia, montada num asno de ouro, e adormeceu.

VII

Quando acordou, a sala estava às escuras e a casa em silêncio. Tateou ao longo da parede, aquela vaca se esqueceu de mim, até o interruptor mais próximo. Doía-lhe o estômago, sentiu vontade de urinar, será que o velho fechou a porta? Agora ia ter que ficar lá dentro, perder a noite de sábado. A gente só valoriza devidamente o que já não tem, foi ao banheiro e olhou pela janela, para ver se as empregadas estavam acordadas. Não havia nenhuma luz no quintal, ele não se lembrava do nome da empregada-chefe. Dona Coisa, quer vir abrir a porta? Dona Coisa dormia, ele acendeu os lucivelos e caminhou até o fundo da outra sala, estava com fome, entrou na cozinha e abriu a geladeira, frios, os alemães adoram frios, a mãe de Olívia era alemã, por isso Olívia falava engraçado, tinha aprendido alemão antes que o português, *fluendemende*. Mordeu uma fatia de queijo, onde será que a cretina anda? O pai de Olívia era um homem solitário, às vezes saía com os amigos e voltava de madrugada, sóbrio. Acabou de comer e voltou para a sala, abriu a cigarreira que estava em cima da mesinha, vazia, os vândalos não deixavam nada, tinha visto Olívia ligar a vitrola tantas vezes mas agora não sabia qual dos botões, ficou com medo de estragar o aparelho, alto-falantes por toda parte, Beethoven executa um concerto na sala de visitas e com um simples toque eu o mando solar no banheiro. Ao lado da vitrola, uma estante de livros, a maioria em alemão, encadernados, olha a antologia do Poeta! Leu ao acaso, sabia quase tudo de cor, algum tempo depois eles iam se conhecer pessoalmente, ele ia conhecer o Poeta, porque o Poeta não ia conhecer ele, o Poeta era o mito, ele encontraria o Poeta num bar, todo mundo de cuca envenenada, cantando, *bom dia, amigo, a paz seja contigo*, ele se sentaria por acaso ao lado do Poeta, sabe, eu estou escrevendo elegias, acontece que o pessoal está dizendo que isso não tem mais sentido, eu tentei fazer poesia engajada, juro que tentei, mas saiu uma — a intimidade seria suficiente? — merda. No dia seguinte, o Poeta não se lembraria dele mas agora era importante receber uma resposta. O Poeta levantou os óculos escuros e coçou a pálpebra, escuta, meu filho — puxa, ele era filho do Poeta! — vai escrevendo tuas elegias, a coisa aparece por si, não adianta forçar. Não liga não, tem muito burro dando palpite, eu posso te garantir que não adianta, se você sentir mesmo, a coisa vem naturalmente. Fechou o livro, o Poeta olhava pra ele na contra-capa. Você conhece alguma putinha, meu filho? Ele sabia de muitas mas naquele dia ainda por vir não se lembraria de nenhuma. Quatro horas da manhã, as putinhas de São Paulo estariam dormindo, o grupo cantaria até o amanhecer, o Poeta voltaria a perguntar pelas putinhas, não, hoje não serve uma garota qualquer, hoje tem que ser mesmo uma putinha, dessas com quem a gente possa se abrir, uma putinha que sinta o que a gente sente, me entende? Ele entendia, o Poeta estaria triste por trás dos óculos, *porque hoje é sábado,* ele guardaria do poeta uma lembrança muito amiga, no fundo o Poeta era um santo, igualzinho a ele. O telefone tocou, com certeza era o pai de Olívia querendo saber se ela havia chegado. Mas também podia ser Olívia querendo saber se o pai havia saído. Atendeu. Claro que estou trancado, pombas! Ela ria, ele era tão engraçado, meia hora depois ouviu o ronco do motor, não disse nada, agarrou-a pela cintura e a beijou. Tinha ido à casa de uma amiga apanhar alguns livros de Psicologia. Por que será que todo pirado que eu conheço estuda Psicologia? Olívia preparou um café, você me fez perder o sábado, as pessoas que não trabalham desconhecem o valor do sábado. Ela devia estar no Guarujá mas o pai teve que ficar para uma reunião importante. Ele não conhecia muito bem o Guarujá, se você quiser podemos descer um dia desses. Era tão simples ligar a vitrola, Olívia colocou um LP de música espanhola, convidou-o para dançar, ele ficou olhando o corpo dela, Olívia sabia mover os pés, as pernas, os quadris, conhecia todos os gestos, até os mais secretos. Mas ele não tinha a chave nem conhecia a combinação. Isso, no caso de ele pensar que ela era fechada e misteriosa como um cofre.

VIII

Sempre que a tristeza era grande e ele não conseguia superá-la, em vez de ir para o trabalho dava uma escapada. O Parque do Ibirapuera estava abandonado, os pavilhões do IV Centenário da cidade se desmanchavam, só os japoneses conservavam o deles, na margem do lago, coisa de calendário. Ele contemplava, fazia de conta que se achava no Japão, uma bolsa para estudar poesia japonesa, dois anos, tudo pago, o lago tinha secado, o chorão se ressentia da falta de água e do reflexo na superfície, uma ponte de ferro fazia barulho quando a gente atravessava; antigamente, quando o lago estava cheio, era o lugar ideal para ler e olhar os peixinhos. Uma vez ajudou os moleques a pegar peixes, eram muito ariscos, ele mergulhava a lata com cuidado, o fundo para baixo, deixando só a borda de fora. Quando os peixinhos chegavam, ele afundava de surpresa. A vida também tinha afundado a lata e agora ele tinha que lutar na repartição pública contra a papelada. Faltava duas ou três vezes por mês, para manter o equilíbrio interior, uma espécie de terapia, até que a chefe descobriu: onde já se viu, um *homem* apanhando peixinhos! Ficou envergonhado, chegou quase a chorar, prometeu não faltar mais. Passou algum tempo longe dos peixes, quando era menino gostava do Parque da Aclimação, ruas sem asfalto, jaulas de um zoológico abandonado, naquele tempo Olívia era Marlene, Tereza, Glorinha, com seis anos sangrava de paixão. Agora o lago estava seco, o pavilhão do Rio Grande do

Sul, que ele aprendera a amar como coisa sua, perdia as escamas de alumínio, virava fóssil. Costumava entrar pela abertura lateral e no meio do enorme espaço vazio, dizia versos, imaginava aquilo tudo reformado, um abrigo de indigentes, um teatro popular. Mas a acústica não ajudava: *Quem, se eu gritasse, dentre os anjos me ouviria?* E gritava, mais e mais, sem que nenhum anjo o escutasse. Era um tempo de amor, um tempo de mijar na secura do lago, com resignação, porque ele sabia que a vida tinha afundado a lata e que ele estava lá dentro. Por isso ele se negava a ser um bate-ponto sem atrasos, um mastro de gravata, procurava alongar a adolescência, com a espada desembainhada e a imagem de Olívia como brasão. Um dia, estava caminhando para o portão n.º 4 quando um MG amarelo passou por ele, parecia bem cuidado, raramente encontrava um MG em boas condições, o sujeito esticava os braços, guiava com classe, muito sofisticado. E ele a pé. Uma vez descobriu que sua mulher tinha conta no banco, em separado, usava o nome de solteira, guardava dinheiro sem ele saber. O MG passou novamente e cantou numa curva fechada. Chegou ao portão, o MG voltava lentamente, o amarelo se destacando contra os eucaliptos, ele bem que gostaria de ter um MG amarelo. E as ideias socialistas? Onde é que ele ia meter a miséria? Bem que as coisas podiam ser diferentes, a gente se atirava na vida pra valer, sem pudor de ser feliz, carro esporte, roupas finas, pele bronzeada, ele seria mesmo um sacana se deixasse pra lá e vivesse a vidinha dele. Chegou à avenida e começou a tomar o rumo da casa de Olívia, ela já devia ter chegado, a menina gostava de ficar sozinha, se pondo em dia com a metafísica, enquanto ele se debatia de um lado para outro e, o que era pior, a pé. Ela não passava de uma burguesinha. Estava despeitado, em outras circunstâncias teria se limitado a sorrir, afinal o que é que essa bestinha sabe da vida, hein?! me diz, sinceramente, o que é que ela sabe? Agora vai tudo bem, o pai garante a retaguarda, ela pode se dar ao luxo de pôr e dispor, mas amanhã é que eu quero ver, quando a vida lhe der a primeira porrada, assim, bem no meio dos cornos e ela cair de quatro, aí nós vamos ver se a coisa era mesmo pra valer. Ela e todos os sacanas que ela reúne em casa, Heidegger isto e Nietzsche aquilo, tudo entre aspas, uma vida entre aspas, frases originais espetadas na língua como borboletas, abrem a boca — olha só o que eu apanhei hoje! — se a empregada disser que Olívia ainda não chegou, sou capaz de, como se a vida fosse um castelo de palavras que a gente vai amontoando, filhos da puta, nunca vi nenhum deles viver de verdade, pra darem uma trepada precisam de meia dúzia de autores como justificativa. Socialistas? Ora, vá dizer isso a outro, ainda ontem você só acreditava no rabo como salvação universal, agora vem com essa de Marx *apenas no que ele tem de válido*. Com licença, algum dos senhores pode me dar fogo? Não sei, acho que Olívia não vai me receber.

IX

Olívia lhe mostrou uma carta do irmão, ia chegar da Europa, ele te conhece, não devia ter dito ao irmão que estava namorando — estava? — um escritor, com que cara ele ia explicar ao jovem que só tinha publicado um livrinho de contos? Quer ver uma fotografia dele? Devolveu a foto, você precisa sair do Brasil, ainda mais pra quem escreve, você não imagina como é importante, a gente vê as coisas sob uma nova perspectiva, olhou as pernas dela sob uma nova perspectiva, eram uma realidade, ele a desejava, oportunidades não faltavam, ele devia ser mais direto, mais objetivo, ele a respeitava, não queria que ela pensasse que ele estava apenas a fim de aproveitar, aquilo devia acabar em casamento. Algum dia você vai torcer a orelha até deitar sangue, dizia o pai, sempre que ele fazia uma burrada, agora compreendia, se fosse livre podia pedir Olívia em casamento, como é que eu vou falar com o pai dela, dizer que sou desquitado, quero me *juntar* com sua filha. Talvez desse pé, o velho consentia no namoro, emprestava o carro, convidava pra jantar. Sentia-se à vontade na casa de Olívia, as empregadas o tratavam com muita deferência, brigavam com Olívia por sua causa, *taí um troço que serve pra você, sua boba*, parecia que elas diziam. Gosto muito do teu pai, ele às vezes me parece um pouco só. Olívia não suportava comentários sobre sua vida familiar, o pai estava bem, bem coisa nenhuma, ela acabou admitindo que o velho se sentia só e isso a entristecia, não sei se eu já te disse que eles se separaram já faz tempo. Faltavam alguns dias para o irmão chegar, não tinha gostado da viagem, afinal o que é que um cara da idade dele pode apreciar na Europa? Com ela seria diferente. Que nada, você vai acabar ficando por aqui. Não, ela precisava ir, depois a gente sofre, será que você não compreende? Meteu os dedos nos cabelos dela, nunca amaria alguém daquele jeito, nunca mais, dois olhos de pupilas negras, já imaginou? Os amigos se admiravam, ele inventou uma forma de embasbacar ainda mais os incrédulos: dezenove anos, olhos verdes, nariz sardento, seis idiomas. *Corta essa! O Greg, garção do Germânia, fala oito idiomas e não bota nenhuma banca.* Só que não tinha olhos verdes. Ela sentiu os dedos no pescoço, inclinou a cabeça, Olívia o amava, só o amor era capaz de um olhar assim, aproximou-se em câmera lenta e a beijou, colando seu corpo ao dela, estava excitado, ela devia ter percebido, não havia como ignorar aquele segundo coração pulsando contra o ventre, se ela se afasta vai ser um vexame. Olívia parecia emocionada, sua respiração tornou-se mais rápida, ele teve a impressão de ouvir um gemido e se afastou, contrariado, procurando se controlar. Não poderia permanecer mais tempo em silêncio, isto só teria sentido se você se entregasse totalmente, só depois de você me aceitar, soava falso, ela estava diante dele, à espera de que ele a libertasse, queria acreditar que o amor não lhe faria mal, dizia tudo com os olhos, sem se mexer, até que o encanto se quebrou e ela se deixou levar novamente pela tristeza. Lá embaixo os ruídos cresciam, o jantar seria servido. Você ficou decepcionada? E não era para ficar?! A gente às vezes se comporta de um jeito que, francamente! E não adianta a experiência de casos anteriores. Pensou em perguntar se ela alguma vez, ainda bem que se conteve, estava furioso consigo mesmo, onde já se viu chegar a esse ponto e parar? Mentalidade de subdesenvolvido, será que eu não sou suficientemente forte para assumir uma virgindade? Então devo me comportar sempre como o zelador da honra alheia? Ele detestava zeladores, se ela quisesse se deitar comigo e depois me abandonasse, de quem seria a culpa, a sacanagem? O jantar estava servido, a empregada meteu a cara no vão da escada e gritou, ele sentiu um certo alívio, já pensou se a gente estivesse? O pai gentil, boa noite, o senhor janta conosco? Ele queria ganhar mais um pedaço da noite. Sentou-se e lançou um olhar pela mesa. Frios. Olívia sorriu, beijando o rosto do pai. De certa maneira, estavam em família.

X

Foram ver o pôr do sol no Morumbi, Olívia estacionou o carro no ponto mais alto — *quer sorvete?* — de onde podiam avistar a cidade. Ela mordeu o sorvete — *você conhece a igrejinha?* — e deixou cair um pingo de chocolate na blusa. Ele não tinha lenço — *que igrejinha?* — abriu o porta-luvas, procurando — *aquela, de madeira, lá no alto, não me lembro o nome* — a flanela. *Não faz mal, eu troco assim que chegar em casa.* Ele meteu a mão no bolso e tirou um anel — *olha só o que eu comprei* — de fantasia, amarrado na ponta do pirulito. Era um anel de metal barato — *de noivado, você gosta?* — Uma coisinha dessas emocionava a pequena, ele jogou o pirulito fora e colocou o anel na mão dela, cabia certinho, ele tinha um bom golpe de vista, Olívia ficou olhando o anel, deslumbrada, nem se fosse de brilhantes causaria tanto efeito. O sol ia descendo lentamente, no lugar de costume, eles se prepararam para assistir a mais um espetáculo da Natureza. Onde é mesmo essa igreja que você disse? pensou em perguntar, mas o silêncio estava agradável e era importante que eles prestassem atenção, porque aquilo não podia ser feito levianamente. No Japão tem até um ritual, aqui no Ocidente é que essas coisas passam despercebidas, o sol desce do céu como um operário de uma escada, sem que ninguém lhe preste a menor atenção. *Olha lá aquela nuvem* seria um comentário tipicamente ocidental, só porque a nuvem se parecia com um camelo ou uma bicicleta, o que não interessava a ninguém, porque uma nuvem é uma nuvem, é uma nuvem. Um inseto voou ao longo do para-brisa, procurando uma brecha, estavam todos procurando uma brecha, enquanto as pessoas lá fora abriam a boca, umas de espanto e outras para engolir guloseimas, e a cidade de São Paulo se oferecendo, ao fundo, como fera domesticada, com suas garras de cimento voltadas para as nuvens que lentamente se cobriam de púrpura. Aquilo já estava ficando cacete, ele sentiu que a perna direita adormecia, agora viria o formigamento e a vontade de rir sem vontade, batendo com o sapato no chão e o pé dentro do sapato. *Olha lá o avião*, gritou um menino que se atirava de cabeça num pacote de algodão, desses que a gente vê crescer diante dos olhos, brotando em filamentos de um punhado de açúcar, mas as crianças pedem e é para isso que elas vêm ao mundo, quanto é? *Olha lá o avião*, repetia o garoto, puxando a saia da mãe, e que mãe, completamente fascinada com a explicação que o marido lhe dava, tentando ver nos gestos largos que São Paulo era a Nova York da América Latina, olha meu bem, aquele é o Banco do Estado! E ela esticando o lindo focinho, cuidado com o barranco, meu filho, sem deixar por um só instante de prestar atenção ao rebento, um desconhecido, uma incógnita, uma bomba-relógio que a qualquer momento podia lhe estourar na cara e sair dizendo que o velho era um quadrado e a mãe uma berebenta e que o legal mesmo seria nascer numa chocadeira, mas agora totalmente aplicado em devorar até o papel do algodãozinho que lhe aderia à cara inteira, como se ele emergisse do longínquo reino de Neptuno. O Astro-Rei atirava seus últimos dardos, ferindo as escarpas das montanhas, escuta, Olívia, esse negócio de ver o pôr do sol é bom pra japonês. Os joelhos de Olívia emergiam como dois seios, só faltavam as pontas, pensou *bicos* mas bico é coisa de bule, pontas não condizia, uma palavra agressiva, imprecisa, dois seios sem mamilos, taí, o termo exato, científico, o professor de Direito Civil sempre lhe recomendava, procure usar os termos corretamente, você disse alguma coisa, meu bem? Ela estava ali, tão perto, com um simples gesto ele poderia, aqui não, meu bem, ela dissera meu bem pela segunda vez, o que é que ele estava esperando? Lá fora o sujeito continuava a apontar os edifícios e a mulher fazia que sim com a cabeça, e o menino mordia o algodão brancocomoaneve, gritando, sempre que retornava à superfície — *olha lá o avião* — será que havia mesmo um avião? Lá estava, arrastando uma faixa de pano, *para deputado, vote no Brochado*, vamos sair daqui, eu acabo tendo um troço. Olívia ligou o motor, os joelhos cresceram, ele não sabia disfarçar, você tem um cigarro? No íntimo você é um aristocrata, ia pensando, com raiva, enquanto Olívia se encarregava de encontrar um lugar só para eles, um burguesinho que não quer se misturar. Eu? Mas se ontem mesmo... Chegaram à igreja, numa elevação, um caminho entre arbustos que não subia nem descia, eram eles que subiam, revivendo a

Via Crucis, ele conhecia bem a história, desde pequeno tinha militado como crente, agora era só simpatizante. Olhava distraidamente as pernas de uma senhora e, à medida que subiam, sentia vontade de assobiar. Você é católica? Não, a menina estava em jejum, ninguém lhe tinha alimentado a alma com qualquer doutrina, o pai achava melhor que ela escolhesse depois de grande e ela acabou se esquecendo de optar, o que, num lugar tão condicionado pela falta de opção, podia ser considerado, *ipso facto*, muito natural. Entraram, a igreja não correspondia. Olívia ficou em silêncio junto à porta e ele avançou, pensando que ela viesse atrás dele. O templo estava cheio, sentiu-se observado e quando deu por si acabara de fazer o sinal da cruz, depois de tocar o chão com o joelho direito. Olívia que não levasse a mal, não dava para disfarçar e fingir que estava amarrando o sapato, queria recuar mas não sabia como. Acabaram assistindo ao final da missa, na sessão das seis. Desculpe, meu bem, eu fiquei sem jeito de sair, não havia problema, Olívia estava encantada, o sermão até que não fora dos piores, a propósito do dízimo, em outras palavras a discutida questão dos dez por cento sobre os lucros, esse padre tem a vida que pediu a Deus, pensou ele com a maldade peculiar às ovelhas tosquiadas, só porque o santo homem vivia numa casa aparentemente confortável, embaixo da igreja, e havia um carro na garagem, ora, reagiu a metade boa que ainda existia nele, há pregadores e pregadores, já dizia o Padre Vieira, nem todos nasceram para dar testemunho entre os humildes, quantas vezes a gente bem posta na vida tem a alma coberta de chagas? O Reino estaria mal servido se todos se preocupassem com aqueles que, por sua humilde condição, já puseram um pé na morada do Senhor. Além do que, ironizava sua outra metade, aquela gente deve roubar horrores, querendo insinuar que ninguém constrói mansões sem se envolver em transações pecaminosas, quando, em verdade, cada um sabe de si e Deus de todos, quem era ele para julgar? uma questão de sorte, de *karma*, de destino, sabe-se lá? O sol ia metendo o rabinho entre as pernas e ele não pôde conter uma lágrima de emoção ao pensar que Olívia parecia mais próxima nos últimos dias e que, se ele soubesse esperar com humildade e contrição, talvez ela lhe viesse ter às mãos. Ao menos fora esse o pedido que ele fizera, secretamente, antes de deixar a igreja.

XI

Naquela noite foram ver "A Viagem do Balão". Você gostou do "Balão Vermelho"? Mas é o fim, como é que você foi perder um negócio desses?! Ele perdia muitos negócios desses, preferia não ir à Cinemateca, evitava exposições, raramente entrava no Teatro Municipal, a cidade tinha milhões de habitantes mas os negócios desses aconteciam sempre para as mesmas pessoas, os iniciados, que apreciavam os lançamentos de vanguarda, o Brasil ficava longe, as vanguardas chegavam retaguarda, ele preferia dizer não conheço, não vi, não sei, não li, não entendi, a Orquestra Sinfônica rangendo por todas as juntas, estourando os pulmões por um salário de fome, soprando, esfregando, batendo, um oceano de cuspe descendo as escadarias do Teatro Municipal, música divina música, senhoras tropicais encapotadas à soviética, aulinhas de italiano e francês duas vezes por semana para poderem acompanhar as temporadas líricas, concertos matinais para a juventude, um oferecimento das Refinações de Milho, mingau de maizena com sabor de baunilha, senhor Governador, queremos uma palavrinha sua para a juventude, *sim, um padrão igual ou equivalente ao dos mais avançados países do mundo, a Bienal, por exemplo, a Bienal é uma prova*, pois é exatamente quando o cara está se tocando, quando ele se sente inferior, aí então é que tem mais necessidade de se afirmar, uma gana tremenda de estar por cima, será que você não percebe? Entraram numa loja de discos, ele abraçou Olívia e começaram a dançar, por favor, o senhor não pode fazer uma coisa dessas aqui dentro, afinal isto é um estabelecimento comercial, de respeito, internacional, igual ou equivalente aos mais avançados, era só nos filmes que as pessoas dançavam nas ruas, tinha sempre uma musiquinha tocando no ar. Eles estavam felizes, corriam de mãos dadas pela avenida São João, a mais importante artéria da metrópole, espere, meu bem, assim você vai pisar as pessoas, que subiam e desciam a avenida, como em qualquer cidade do interior, eu explico: São Paulo, antigamente, era mais cosmopolita, mas acontece que houve uma verdadeira invasão, de quem? de marcianos? estou falando sério, a construção civil, uma falta de mão-de-obra terrível, você sabe, esse pessoal é forte, bom para trabalho pesado, mas muito rude, naquele tempo não era essa loucura, havia respeito, quase não se ouvia falar em crimes, eu entendo, uma espécie de dique, um muro de concreto que segurava os do lado de lá, impedindo que se misturassem com os do lado de cá, uns não ouviam falar nos crimes dos outros e os outros ignoravam o conforto dos uns, até que a maldita construção civil derrubou o muro. Corre que nós vamos perder o documentário, vinte minutos de cultura segurando o ombro de Olívia: a inteligência nacional, aliada ao que de melhor existe na técnica estrangeira, conseguiu este verdadeiro milagre da indústria alimentícia, agora embrulhadinhos um a um, sem qualquer contato manual. Você me ama? Londres: *O cavalo Chevalier conquista o Grande Prêmio, apesar de correr os últimos cem metros com apenas três patas.* Beijos da proprietária nas ventas do animal. Paris: *No aeroporto de Orly, o rei Mac--Med II escorrega numa casca de banana lançada por um terrorista.* Em Miami, a sorridente Miss Universo aceita o papel de Joana D'Arc mas se recusa a posar nua para a revista Playboy. Olívia encosta a cabeça no ombro dele, seus olhos brilham na semiobscuridade, a Primeira Dama recebe, não podem mais resistir à evidência daquele amor, sublime amor, ele se aproxima e a beija demoradamente, *o Chefe da Casa Civil declara que o senhor Presidente realizará em apenas um ano o que seus antecessores deixaram de,* olha, eu não queria te dizer mas acho que, *a política desenvolvimentista,* acho que estou gostando de você. O Presidente desata a fita simbólica, a ponta da língua timidamente lançada na direção do grande molar superior direito, o Presidente sorri, os dentes de Olívia mordem a superfície da língua, que procura forçar a passagem guardada pelos caninos, o Presidente agradece pelo raminho de flores e beija o rosto da menininha, a língua vence o primeiro embate, levemente dolorida e, *ex-abrupto*, é arrastada por uma sucção violenta, o Presidente acena puerilmente e a puericultura ganha outro posto de serviços, a mão dele tateia no escuro, a caravana presidencial segue pelo corredor estreito, salinhas, mesinhas, caminhas, uma criança de boca aberta e o senhor Presidente fazendo as vezes de dentista, a mão no joelho de Olívia, duas meninas subindo e descendo na gangorra, outra boca se abrindo, a gotinha caindo, mais uma criança livre da pólio, sob o olhar do senhor Presidente, a mão subindo na coxa de Olívia, até a mão de Olívia e a saia voltando ao lugar e a língua voltando ao lugar e as criancinhas voltando ao lugar e o senhor Presidente voltando ao lugar, no seu carrão longitudinal. Palmas, saquinhos de balas, tosse, *como é mesmo o nome desse artista?* e a expectativa em todos os rostos, que sabem ou não sabem do terrível drama que se vai desenrolar. Quando o filme começa, Olívia entra em órbita, deixa a mão dele abandonada sobre a perna, inclina-se para a frente e se prepara: mais uma dose de Europa na veia, a embriaguez se derramando pelo corpo inerte, a Torre Eiffel vista do alto, numa tomada à Santos Drummond, uma panorâmica de Paris e ele indefeso, sozinho, sentindo que ela escapa outra vez, embarca no balão, seu sonho vai pelos ares, deixando cair o lastro em seus olhos. Olívia nem percebe que ele chora, o colorido é lindo, ela se afasta, nada lhe resta senão esperar que um jato supersônico a leve para o Velho Mundo, vasto mundo, se eu me chamasse Raimundo e tivesse cem mil dólares no bolso, bem mais do que uma rima eu teria uma solução.

XII

Dostoievski brasileiro! Esses caras inventam cada uma, a mulher nem conhecia seus trabalhos, agora queria fazer dele um gênio. Havia quem dissesse que seu estilo se parecia com o de Kafka, suas elegias eram rilkeanas e em seu humor vibrava qualquer coisa de Pirandello. Mas a máquina de escrever era dele. Quando saiu à rua, sentiu por um momento aquela segurança de que só os tolos e os fortes são possuídos. Vocês estão vendo? gostaria de dizer na repartição onde trabalhava, uma sumidade bem aqui, debaixo de seus narizes, e ninguém se dá conta. Se a jornalista conhecesse a mais insignificante história de Dostoievski não se atreveria a tanto. Pensava em agarrá-la pelo cangote e lhe meter os Karamazov no gargalo, para ver quanto durava a digestão. Lembrou-se do romance tantas vezes começado e que ele não levava adiante, precisamente porque os Dostoievskis são difíceis de transpor ou contornar. Às vezes, em desespero, esmurrava a porta do guarda-roupa e se lamentava, de joelhos, voltado para Meca: oh, Senhor, eu não sou digno de escrever uma Divina Comédia mas dizei uma só palavra e eu talvez consiga terminar meu livro, para aplacar a cólera dos meus coevos e gozar as loiras da vitória. Ergueu o pé direito e o pousou no meio-fio. Depois o esquerdo. Uma vez mais e assim por diante, em direção à casa de Olívia, Olívia, *quem te inventou, maldita?!* Se ele não tivesse emprestado o livro ao Fernando agora poderia conferir com o original. Forçou a memória, *que Hoffman celestial, com o inferno no peito, te pode inventar, maldita?!* Nunca se lembrava dos nomes estrangeiros. Hoffman, por exemplo: com duplo n no final? Consultou o Lello — Ho, Hoff, Hoffmann: "Ernesto Theodoro Amadeu, romancista, músico e desenhista allemão, dotado de imaginação excêntrica e de fina observação, escreveu os Contos Phantasticos: Elixir do Diabo, Contos Nocturnos." Hoffmann: "Augusto Henrique, poeta e filósofo allemão, suas poesias têm uma forma melodiosa, mas uma inspiração banal e prosaica." Banal! E se ele também tivesse um talento insignificante, prosaico? E se ele fosse o Augusto Henrique dos Hoffmann e não o Amadeu? E se lhe estivesse destinado um lugar secundário na escala de valores com que os humanos medem a envergadura de seus contemporâneos? E se a Terra e os terráqueos, à semelhança dos batráquios, estivessem muito aquém da evolução atingida em outros planetas? Ao se dar conta da insignificância humana, chegou quase a deixar que um ônibus Penha-Lapa lhe passasse por sobre. Até quando se esforçaria para superar o anonimato? ele, um humilde filho de imigrante, com pretensões a imortal?! Talvez a glória lhe saísse pela culatra. Apressou o passo, dominado pelo *stress*, um escritor sofre de ansiedade algumas vezes superior à sentida pelos homens-rãs debaixo dágua, daí o peso no estômago, no vago-simpático. *Você sabe o que significa a caça à esfinge, sabe, meu rapaz?* Falavam com ele, uma voz quase infantil, olhou para os lados e se benzeu, a voz tinha vindo do céu. Ele nunca vira uma esfinge pessoalmente mas estava certo de que seria difícil lhe meter uma bala. Prometeu a si mesmo que antes dos trinta haveria de apanhar sua esfinge, ainda que fosse um filhote, a voz riu e dobrou a esquina, deixando atrás de si um calafrio. Ele atravessou a avenida sorrindo, porque não estava chovendo, a dentadura se mantinha firme com seus dentes naturais e o corvo disse nunca mais, e porque se sentia jovem, forte, livre de falsificações, e porque a avenida levava à casa de Olívia, uma ninfa, uma deusa, uma chama votiva no pedestal do seu coração.

XIII

Nec plus ultra — não mais além; *nemine discrepante* — não discordando ninguém; *sutor, ne ultra crepitam* — sapateiro, não vás além dos ilhoses; *ne varietur* — para que nada seja mudado. Olha, meu bem, a gente encontra a Verdade num simples dicionário! Ela não estava interessada, tinha dormido mal. Você não quer me dar um beijo *ore rotundo* — com a boca arredondada? Meu fígado vai virar *pâté de foie gras*; você não me ama porque eu não tenho *pedigree*. Olívia sorriu e lhe mostrou alguns folhetos de companhias de aviação, ele devolveu sem abrir, olhou pela janela, a tarde convidava a um passeio, você não quer ir a Eldorado? a gente leva menos de uma hora. Ela precisava procurar um bailarino para devolver alguns discos de música folclórica, tenho que buscar papai às sete horas, uma tarde daquelas talvez custasse a voltar, Eldorado era um trunfo, ele precisava usá-lo no momento exato. Estacionaram na praça Roosevelt, desceram a avenida Ipiranga, o bailarino era negro, Olívia amava música africana, ele começou a ficar impaciente, o negro tocava atabaque e estava a fim de faturar Olívia, tinha lhe ensinado algumas danças populares, era um sujeito bonito, devolveu a fotografia com ciúme daquele peito largo. Se ela soubesse que eu morro só de andar dois quarteirões! qualquer dia vou aprender karatê, você já viu algum treino? Ele não aguentaria a primeira meia hora, cairia sentado no *tatami*, os japas seguiriam durante duas ou três horas, indestrutíveis. O negro resistiria até o fim, sem se abalar. Um dia eles herdarão a Terra, os amarelos e os negros herdarão tudo, inclusive nossas mulheres. Olívia parecia excitada, tocaram outra vez a campainha, graças a Deus o negro não estava, a caminho de Eldorado ela ainda falava no sujeito. Ele desviou habilmente o assunto, Eldorado tinha para ele um significado especial, era um retiro búdico, à margem da represa, onde suas emoções simbólicas se aventuravam pelo caminho da metáfora e o envolviam num alheamento inebriante. Você já puxou um fuminho? Ele raramente fumava os de filtro, não queria saber de viagens além das que normalmente fazia de trem ou de ônibus, avião já era problemático, não que ele tivesse medo, uma vez um colega de trabalho ofereceu uma pitada branca, ele recusou polidamente, o outro, já no quinto assalto sorriu, *você não precisa disso, você é um maluco natural*. Olívia também desconhecia o produto, não se atrevia a engolir aquele sapo, Eldorado tinha qualquer coisa de marijuânico. Logo à primeira vista, o simples fato de haver água, veleiros, vegetação e silêncio lhe devolvia a beatitude perdida e ele se rendia ao ensejo de ali permanecer, afastado das tentações do mundo que o impediam de evoluir, de pé, irmãos, cantemos o hino da página cento e cinquenta e dois. Uma questão de vida interior. A índia o fascinava porque era um Eldorado maior, onde o homem podia atingir as culminâncias do ser ou do nada. Olívia contornou a baía, os barcos oscilavam, à espera do fim de semana, logo adiante surgiu a estrada onde um homem sensível e predisposto poderia encontrar a si mesmo e, quem sabe, se isto lhe parecesse fundamental, salvar a própria alma. Chegaram ao restaurante. Uma sólida presença de troncos e tijolos, erguida na vertente relvada. Tomaram chá com torradas e, contemplando a algidez das águas, falaram da Grécia Antiga.

XIV

Ponto morto. Nosso amor não sai do ponto morto. Ensaiava diante do espelho, bêbado. Acabou de se pentear, fungou com raiva e saiu à procura de telefone. *Não está.* Desligou. Eram nove quarteirões. Ele corria, o paletó desabotoado, sabia que Olívia estava em casa, aquilo de mandar a empregada mentir ia acabar. Tocou, passou pela serviçal sem cumprimentar e seguiu. A porta do quarto fechada. *Quem é?* Sou eu, sua vaca, abre logo essa porra dessa porta que eu quero te arrebentar! gritava, esmurrando, te arrebentar, sua, esmurrando a porta, Olívia abriu, sorrindo, num desafio, ele a segurou pelos ombros e a sacudiu, tenho cara de idiota?! Não era isso que as pessoas diziam numa hora daquelas? de palhaço? Tenho? Bateu em Olívia até que ela não resistiu mais e caiu desfalecida a seus pés, o sangue a lhe correr pelos cantos da boca, ele impassível, com vontade de chutar aquela cabeça, assim acabava logo com aquilo, começou a lhe apertar o pescoço, eu sabia desde o início que ia dar em tragédia, Olívia ficando verde, cor de alabastro, levantou-a carinhosamente e a colocou na cama. Olívia sorria, de olhos abertos. Ele caminhava com fúria, falando sozinho, a agressividade diminuía à medida que se aproximava da casa de Olívia, uma tarde quente, começou a suar, desfez o nó da gravata, afastando a imagem de Olívia, um ódio que ele conhecia desde menino, e dizer que no fim do ano receberia seu diploma de bacharel, um homem de responsabilidade! O que será que aconteceu com o reitor, aquele padreco vermelhão, venerando, que um dia me garantiu: meu filho, quando você sair deste colégio estará pronto para enfrentar o mundo. Era verdade, tinha um caráter do tamanho de um bonde, com reboque, o diabo eram as curvas; um superego bestial, uma timidez que às vezes se confundia com modéstia. Mas onde estavam as conquistas? O reitor falava com segurança, era um homem vivido, experiente, qualquer dia vou passar pelo colégio, rever os mestres, tomo um porre e entro por aquela porta sem carimbar caderneta nem nada, chego lá e pergunto aos doutores da lei. Eles não saberiam responder, precisavam de licença especial até para ver televisão. Atravessou a rua, faltavam duas quadras, o dragão vai me comer só porque os feiticeiros não conheciam o mundo, podem quando muito salvar a alma, ele agradecia mas agora se tratava de salvar o corpo, tinha gasto o rabo nas carteiras durante anos e sentiu que não lhe haviam dado nenhuma solução. Como não?! protestou o reitor do alto da sua cátedra, não te ensinamos a fugir das tentações? a evitar as más companhias? a proceder sempre com toda correção? E o padre mencionou os mandamentos, ele se lembrava de alguns, ouviu humildemente, quando o reitor concluiu ele ergueu os olhos, o senhor é um bom homem, quer ajudar, mas se eu fizer tudo direitinho, do jeito que o senhor está dizendo, eles me atropelam como um bando de búfalos e eu fico achatado no chão, fininho assim. O mundo é outro, a bondade precisa de tacape, essa gente só entende na porrada, chicote neles! Não estava sendo justo, os pobres, os humildes de coração eram diferentes, não dizia proletariado para evitar que o velhinho se chocasse. Mas os humildes de coração — será que o senhor não percebe? — num sistema como o nosso acabam queimados. Quem manda são os búfalos, os rinocerontes de casca grossa e contra eles só a voz da 44, desculpe, eu me exaltei; mas veja, um jovem de 26 anos — escondeu um pouco a idade — inteiramente amarrotado, sem perspectivas, o senhor tem aí uma perspectiva que me possa emprestar? Pensa que eu gosto de gin puro, sem tônica nem nada? Chegou à casa de Olívia, a empregada veio atender, ela não está, acho que vai demorar, desculpe mas eu sei que ela mandou a senhora despistar, subiu a escada, sentindo crescer uma náusea incontrolável, muito romântico, restavam poucos da sua espécie. Olívia o recebeu com indiferença, ele cambaleou, tentando dominar a vontade de se agarrar a ela, poderiam apoiar-se mutuamente, como um tripé, estava cansado de viver daquela maneira, o reitor nada podia fazer, imagine o senhor que ontem fui à casa de Olívia, completamente embriagado, e lhe pedi que confiasse em mim. O senhor confia em mim? Haverá alguém nesta cidade que ainda confie em mim? O olhar de Olívia permanecia inalterado, ele não sabia o que dizer, o reitor muito menos — meu reino por um Porsche! Meu reino por um Porsche! gritava seu coração, esmagado pela vergonha e procurando um meio de escapar.

XV

As férias terminaram e ele voltou à Universidade. A turma fazia a algazarra de sempre, no pátio, alguém atirou um balde de água lá de cima, ele jamais se esqueceria daqueles anos líquidos, me dá mil pratas que eu vou comprar ovos pra gente atirar na turma da Arquitetura, a satisfação de pertencer ao Nível Superior era indescritível, eles seriam os donos do país, juízes, embaixadores, olha que rabo, você tem que me dar a ficha, essa gata é, o futuro ministro arrastava um quase desembargador pela manga, você precisava ter visto a sacanagem no apartamento do Luciano, ah, juventude! Suspendeu pela milésima vez a alavanca e levou o dedo à testa, para escorrer o suor, operário especializado, olhou para as máquinas, os companheiros e a sujeira que se acumulava no chão, afastou o pesadelo, que bom que eu estou aqui, sou livre para fazer o que bem entender, levanto no meio da aula e dou um berro, o máximo que pode acontecer é uma suspensão, despiu o macacão de metalúrgico, limpou as unhas, sabe quem eu comi? Doce juventude. Na porta do Centro Acadêmico encontrou um candidato à Presidência, procurando convencer um correligionário, a gente falsifica os recibos, o pessoal que não pagou a anuidade vota nos nossos candidatos em troca da carteira, dá direito a meia--entrada no cinema, o outro não topava, ele sorriu, o candidato baixou a voz, abandonar tudo, uma ficção científica, subir na carteira e gritar — não dá mais pé, a China vem aí, meu povo! Empurrões, vaias, ninguém estava interessado na chamada Civilização Ocidental. Cumprimentou o professor de Introdução à Ciência do Direito, um santo que deveria sair correndo, seu latim se perdia, me empresta o carro, amanhã eu falo com ela e te quebro o galho, com licença, passou entre os dois, o galho certamente seria quebrado, ele tinha que subir ao terceiro andar, mas afinal o que é que eu estou querendo? Olívia, só isso importava, fazia uma semana que não a via, se eu telefonar ela me liquida. Entrou, a aula tinha começado, o professor acenou negativamente com a cabeça e ele tornou a sair, no corredor encontrou um membro da Academia de Letras da Universidade, ele era o Presidente, o outro pediu um diploma, pra botar na parede lá de casa, a Academia era de letras mas ninguém escrevia, a solução era cair fora, os meninos usavam uma faixa atravessada no peito — *ad imortalitatem* — e uma medalha de prata na barriga. Caminhou até o bar, alguns colegas tomavam café, ele não estava com vontade de conversar, você sabe, nossa escola tem altos e baixos, os altos jogam basquete e os baixos são obrigados a estudar, manja? Os contatos humanos, o papo, a cantada, acompanharam uma adolescente do Secretariado, ele pagou os cafés e segurou o fone, linha ocupada, insistiu, uma voz masculina atendeu, a turma ia jogar *crepe*, aparece lá, o irmão de Olívia tinha chegado da Europa, ele não sabia o que dizer, a voz insistia. Desligou. O jogo era pesado, o pessoal amontoado no mictório, apostando alto, em vinte minutos o sujeito perdia o carro, ele ficou observando, chegou a se emocionar com as apostas, Renatão espraiou o traseiro na mesa, quem vai nessa?! era seu amigo, estava ocupado demais para falar com ele, acenou com as mãos cheias de notas, os dados rolaram, sete, onze, dava na mesma, ele gostaria de participar, alguém o empurrou, pediu licença, estava com falta de ar, quinto ano de Direito, não sabia o que fazer da vida, ia pensando, você é um babaca, um moralista, os caras colam, aprontam, vão empurrando a coisa com jeito e você criando caso, discutindo na Secretaria, mete na cuca de uma vez por todas! Depois de formado, continuaria mais algum tempo no emprego, batendo naquela máquina, você é um bom datilógrafo, os advogados gostavam dele, trabalhava direitinho, obrigado, o senhor sabe que eu podia, com o mesmo movimento, aprender a tocar piano? Papel timbrado, papel carbono, papel de seda, papel carbono, papel de seda, papel carbono, papel de seda, uma cópia para cada advogado, uma para os arquivos, acho que no mês que vem sai aumento, um datilógrafo regiamente pago, toc-toc-toc-toc-toc, ponto e vírgula, toc-toc-toc, ponto, parágrafo, o senhor pode me dizer se a audiência das duas horas já começou? Toc-toc-toc-toc, hora do lanche, engole, corre, toc-toc-toc, nada mais, e, para constar, foi lavrada a presente ata, que vai devidamente assinada, toc-toc-toc. Atravessou o pátio, um grandalhão corria atrás de um baixote, apanhou o telefone, *meu irmão quer te conhecer*, uma voz mais suave, eu preciso te ver hoje, agora, falava depressa, o estômago doía, Olívia estava ocupada, só poderia vê-lo à noite, você quer me levar à *jam session*? Desligou, ele gostava de jazz mas não saberia o que fazer até à noite, se as férias no trabalho também tivessem terminado poderia mergulhar novamente nos papéis e esquecer. O senhor tem um Sonrisal? Olhou a suave efervescência, gritos no cassino, os futuros magistrados cavalgavam no pátio, mais um baldezinho de água, chuááááá. Subiu as escadas e esperou a próxima aula. *Olha quem está aí!* Conversou sem vontade, viagens à Bolívia, aos Estados Unidos, o sol de Ipanema. Ipanema. E você? Ele nada, tinha ficado em São Paulo, não se animava a falar em Olívia, esse cara é um retardado, passar as férias nesta fossa. O mestre adentrou o recinto, cumprimentou os bastardos e atacou: *O contrato individual de trabalho é bilateral e, portanto, gera direitos e obrigações recíprocos*, tá OK, vá dizer isso pra sua mãe. A maioria estava sem cadernos, a gente acaba de voltar das férias e esse puto já entra de sola na matéria, Ricardo lhe passou uma folha, *acontece, frequentemente, que o empregador, prevalecendo-se de sua superioridade econômica*, agora sim. Fugiu, queria que tudo terminasse logo, à noite iriam juntos ao jazz, faria o possível para não beber, *a lei pátria não poderia deixar de lado uma questão de tamanha relevância, para a realização de uma verdadeira justiça social*, olhou para a folha em branco, não seria apenas injusto, seria sacanagem consigo mesmo continuar ali, sem poder sentir o contato das mãos de Olívia. Ricardo lhe bateu no ombro, ele pensava na Batalha de Salamina, olha só esse tipo, ele fala do Direito, que é um troço vivo, dinâmico, e a voz dele não sai do lugar. Você se lembra do mar de sargaços? pois é, as caravelas do Cabral encalharam bem aqui, não conta pra ninguém, *aqui*, Ricardo segurava a calça entre as pernas, você acredita? Esse cara estava dando uma aula e os meus ovos incharam, incharam, dois *icebergs* boiando e eu sem poder gritar — cuidado, Pedrinho, passa ao largo que os meus ovos te atrasam a viagem! Começaram a rir, força, irmão, ajuda a soprar que a aula encalhou nos meus ovos. Acabaram sendo expulsos da sala. No corredor, soltaram uma gargalhada tão grande que Olívia, em sua casa, teve um sobressalto.

XVI

O jazz estava começando, eles tinham esperado quase uma hora no jardim, uma casa abandonada, com telhado de ardósia, ele ficou olhando para Olívia — você parece mais velha hoje — o colar de contas lhe caía sobre o colo em voltas amplas. Entraram, a casa estava iluminada com velas, a escada rangia, uma fantasma desceu segurando a mão do namorado, lá de cima ouviram um estrondo, a fantasma chorava, sentada no chão, o vestido manchado de óleo. Procuraram um lugar perto da janela, Olívia cumprimentava todo mundo, afastou-se para falar com um sujeito que ele não conhecia, pareciam velhos amigos, o sujeito segurava o ombro dela com intimidade, ele começou a ficar impaciente, aproximou-se da mesa cheia de garrafas e preparou um gin-tônica, Olívia parecia ter se esquecido dele. Um poeta da nova geração lhe fez um sinal para que fosse sentar-se a seu lado, ele apontou Olívia e o outro ergueu o polegar em sinal de aprovação, acabou de beber a quarta dose sentado no chão, ao lado de Olívia, o baterista desandou a castigar, ele se lembrou de Kerouac, melhor do que tudo quanto ele poderia escrever em toda a vida, o negro de pescoço de touro, batendo nas suas espatifadas caixas, ele sentiu pena de si mesmo e de todos os rebeldes daquela sala, onde não havia nenhum Dean para gritar *sopra, homem sopra!* O conjunto silenciou, para que os músicos pudessem regar os quartos abandonados, tinham pregado as portas dos banheiros, outro barulho, a casa ia ser demolida, um traseiro deslizou no assoalho, o cara subiu as escadas furioso, quem foi o corno que fez essa brincadeira de botar óleo no chão?! Ele teve gana de dizer o corno sou eu, só pra levar uma porrada, o dono da casa acalmou os ânimos e ele sentiu que já estava suficientemente bêbado para arrastar Olívia pelo braço, sem explicações. Você só me arranja festinhas debiloides. Atravessaram o Pacaembu, ele tinha vontade de agredir tudo, por favor, meu bem, não fique chateado, ele esmurrou o porta-luvas, a mão estava insensível, tentou saltar do carro em movimento, Olívia freou bruscamente e ele bateu com a cabeça no para-brisa. Você se machucou? Não respondeu, a mão começava a doer mais do que a cabeça, lembrou-se de um comentário de Olívia, eu fico impressionada com esses meninos, como é possível tocar desse jeito? O mais velho devia ter vinte anos, procurou fechar a mão, Olívia lhe acariciou a testa, vinte anos! Quando ele via alguém mais jovem fazendo alguma coisa ficava apreensivo, tinha medo de que sua hora passasse, você acha que eu sou muito velho? Olívia não entendeu, ela não o rejeitava pela diferença de idade, ele sentia que estava cada vez mais longe, sua vontade se quebrava contra qualquer obstáculo. Abriu a porta do automóvel e saiu, respirando fundo, esforçando-se para movimentar os dedos. Olívia o seguiu, ele estava sendo trágico, fechou a mão, as juntas doeram, se você não se importa, eu preciso, será que dá pra esperar no carro? Olívia se afastou, ele se escondeu atrás de uma árvore, quando era menino fazia desenhos líquidos na calçada, tinha bebido um bocado, olhou para o céu, lua cheia, logo vi, hoje as coisas não podiam correr bem. Em noites como aquelas sentia crescer o pelo, tinha vontade de sair uivando. Olívia ligou o motor e abriu a porta, ele queria caminhar, pediu-lhe que descesse, poderiam conversar um pouco, Olívia preferia ir embora sabe o que te estraga? ela não sabia, soltou o freio de mão, você vem ou não vem? O Pacaembu era escuro, não passava nenhum táxi, ele achou melhor não facilitar, subiu, contrariado, vou te levar pra casa e na próxima vez que você beber desse jeito eu te largo na rua. Abriu a janela, o vento lhe batia no rosto, começou a cantarolar. Olívia não lhe prestava atenção, o carro se inclinava nas curvas, pode meter o pé, se der com a cara num muro não vá dizer que, ele estava com medo, aquilo era uma casca de noz, bateu-morreu, Olívia guiava muito bem, cada vez mais depressa, executava uma peça clássica ao volante, ele apertava os pés contra o chão, agarrando a alça de segurança, o vento lhe machucava os olhos. Você quer correr de verdade meu anjo? Colocou o pé sobre o dela, tinha visto num filme, o cara pisava até o fundo, a mocinha gritava, em pânico, lembrou-se de que a cena terminava com uma jamanta na contra-mão e desistiu. Olívia diminuiu a marcha, sem perder a calma, estacionou diante de um bar e lhe abriu a porta. Ele pensou que ela estivesse brincando mas Olívia o empurrou para fora e se foi. No bar, dois bêbados tentavam dividir uma dose ao meio, ele sentou no banquinho e pediu um litro de água. Os bêbados interromperam a disputa: silêncio! silêncio todo mundo aí que o companheiro tá chateado e vai se afogar na água mineral. Ele bebeu o litro inteiro e caminhou para casa, procurando de vez em quando a sombra de uma árvore.

XVII

O impasse foi superado e tudo voltou a correr sobre carretéis. No fundo ele sabia que no fundo era uma expressão imbecil e à medida que procurava resolver todas as contradições, esforçava-se por encontrar a justa formulação de seus pensamentos, uma roupagem mais original para dizer a si mesmo o que havia milênios as pessoas se diziam, em última análise, ele tinha conhecimento de que de um momento para outro, incrível como de um momento para outro não dizia bem, era uma expressão aleatória, porque não usar *a qualquer instante, mais cedo ou mais tarde, hoje ou amanhã?* Mas isso não tinha tanta importância, o principal era a certeza de que Olívia não lhe pertencia, pretérito perfeito de um verbo canalha, muito embora às vezes a tivesse dominada, subjugada, prisioneira de seus desígnios e, assim pensando, resolveu fazer das tripas coração para estabelecer uma posição definitiva, colocando-a sob seu inteiro controle, evitando destarte maiores dissabores, quando menos, em última hipótese, numa derradeira cartada, estocada, golpe ou lance, lograr o adiamento da sentença que lhe pendia sobre a cabeça, à semelhança da espada de Demócrito (*sic*), de mortal prejuízo para sua tão abalada saúde anêmica. Anímica. Reuniu o conselho de sua mente e assestou armas em círculo convergente, divergindo embora de seu conselheiro-mor, a razão, para tentar a conquista da fortaleza até então inexpugnável. Outrossim, enquanto se adestrava no manejo do florete verbal, sem se descurar, *pari passu*, do apresto de seus fogosos corcéis, sopesava argumentos a fim de, numa emergência, derrotados os infantes, poder arrasar a tenaz resistência inimiga a golpes de aríetes, catadupas, catapultas e cata-ventos. Em resumo, se Olívia não se rendesse, ele tentaria conquistá-la na porrada. Feitas essas considerações, olhou-se novamente no espelho, dizei, espelho meu. O espelho não lhe fazia jus, alisou os cabelos para os lados, o pessoal do Canal 9 cortava no mesmo salão que ele e era por isso que a televisão subira tanto de nível: *para os teutônicos, cabelos teutônicos*, dizia o Sérgio, filósofo da tesoura, mago das aparências, devoto de Mahler, capaz de provocar a exteriorização de um conflito entre impulsos gerados no *id* e a barreira do superego, com uma singela aplicação de shampoo. Aquilo de cabelão com topete não dava mais, Olívia não resistiria ao *new look* europeu. Quando saiu à rua não foi reconhecido pela vizinha, que regava o jardim com ar voluptuoso. Apanhou um táxi e desceu duas quadras antes da casa de Olívia, achava cafona chegar de táxi, coisa de classe média. Apertou a campainha com força, a campainha se desfez e ele sacudiu a mão, com nojo, a empregada também não conseguiu identificá-lo, o senhor tá tão diferente, ele tinha um plano, diria que ia ser nomeado Procurador lá na repartição, com tanta gente procurando até que era um cargo bacana. Esperavam-no para o almoço mas logo percebeu que esperavam o outro, o desvalido, todos os olhares convergiram para o terno. O pai de Olívia apreciava um bom papo, preferia os *allegro con brio*, a princípio, depois os *allegretto moderato*, passando, logo a seguir, às variações sobre o mesmo tema: *andante com variazioni*. Escolheu o momento propício e colocou a bola no ângulo, de cabeça, eu acho que não haverá problema, tenho vários amigos juízes, desembargadores, é uma questão de tempo, assim que me formar o cargo será meu. O pai de Olívia parecia interessado, afinal era um rapaz de valor, inteligente, Olívia não fez nenhum comentário, continuou mastigando sua folhinha de alface, ele apontou entre as orelhas, a coelhinha se recolheu atrás da moita. Mordeu uma fatia de presunto, a carne aderiu ao dente cariado, ele sorveu um gole de água e a dor aumentou, Olívia traçava um picles, o pai se levantou sem tomar café, estava atrasado para uma reunião, por que será que as pessoas importantes se reúnem, se reúnem e estão sempre sós? Ao sair, o velho recomendou à filha que dissesse ao irmão para vir jantar em casa; não podia admitir que o rapaz vivesse fora de órbita. A empregada serviu o café, o senhor hoje está elegante, ela não disse bonito, disse *elegante*, porque era uma empregada de categoria, dessas que as agências fornecem com seguro contra roubo, ele respondeu que às vezes caprichava um pouco mais, a senhora compreende, nós, advogados, deixou cair o garfo no prato, o ruído pareceu desconcertar a serviçal e eles se retiraram para o jardim. Olívia cerrou os olhos e se abandonou à inebriante suavidade da brisa, a rede se agitava, leve, num tremor, Olívia se estirou e recolheu as patas de gazela. Ele foi até o portão e quando Olívia despertou ele já havia caminhado uma porção de vezes ao redor do quarteirão. Você devia ter me acordado, ele sentou no chão, sem paletó, as costas apoiadas na parede e os braços pendentes dos joelhos, Olívia lhe pediu que ficasse naquela posição, suas mãos eram lindas e ela queria fotografá-las, saiu correndo e voltou com uma câmara enorme, ajustou as lentes, você entende alguma coisa desse troço? Ela mandou que ele calasse a boca e bateu uma série de fotos, o que é que você pretende fazer com tudo isso? Ela não respondia, estava criando, as últimas seriam do rosto, primeiríssimo plano, close, despenteou os cabelos com os dedos, Olívia se aproximou, agora você tem minha cabeça, espero que não pense em reduzi-la, como os índios. Ainda não havia terminado a frase quando sentiu uma pontada na garganta, a cabeça erguida numa lança. A pele do rosto se contraía, os ossos do crânio estalavam e os olhos, do alto de seu novo tronco, enxergavam cada vez menos o vulto de Olívia.

XVIII

Olívia com suas caras de várias cores, com suas caras, Olívia, com suas, à força de repetido já estava ficando monótono, aquela história precisava evoluir para um desfecho, afinal era uma história de amor e o que se espera de uma história de amor é que tenha o epílogo de uma história de amor, sem o que não seria uma história de amor, o bonde bamboleava, descendo a avenida São João, uma longa avenida que atravessava o Vale do Anhangabaú e avançava de cá para lá, e voltava de lá para cá, retalhada por uma infinidade de ruas que por sua vez levavam a outras ruas, que por sua vez levavam, o bonde baloiçava como uma pilha de loiça e ele via passarem as casas, as pessoas, os animais, os vegetais, os minerais, o bonde rangia nos trilhos, o bonde era uma caravela aprisionada, que não buscava as Índias, um barco fantasma, rumando para a Praça dos Correios, e ele ensimesmado, carregado dos destroços de uma raça vencida, última reminiscência da brava gente, aviltada gente, agora à espera de tostões pingados, heróis reduzidos à condição de balconistas e conquistadores de solteironas embasbacadas, ancorados à registradora, sem a ousadia que outrora lhes punha na face o fogo irresistível. Bares, bares, confeitarias, bares, quitandas, pastelarias, os desbravadores perdiam terreno, as quitandas seriam arrasadas, aquilo revoltava, quitandas, pastelarias, chácaras, tudo nas mãos do inimigo, o perigo amarelo, algum dia tomariam de assalto as confeitarias do centro e então seria o fim de uma época de glórias, talvez se unissem aos mouros, num pacto secreto, os mouros avançariam com a artilharia pesada, abrindo casas de quibe, os amarelos flanqueariam com rajadas de pastéis, apoiados pelas granjas e tinturarias, era preciso que os latinos se unissem, os proprietários das pizzarias deviam resistir, os armênios adquiriam as melhores lojas para instalar suas casas de calçados, comércio fino, o preço dos aluguéis aumentava em proporção trigonométrica, e as luvas? meu Deus! as luvas se tornavam proibitivas para quem pretendesse montar uma simples casa de pasto. E o inimigo comprando, comprando, se expandindo, ganhando o centro, a avenida Ipiranga, a Barão de Itapetininga. A tradicional *Confeitaria das Valsas*, com seus violinistas manetas e suas baratas bailarinas seria fatalmente atingida, era preciso zelar pela tradição, diante daquelas toalhas heroicas o Príncipe dos Poetas sorvera seu chazinho por quase meio século. Em meio a tantos pensamentos alarmantes, ocorreu-lhe perguntar aos seus botões onde estavam os aborígenes, a população autóctone? Mastigando. Batalha inglória para quem não pudesse pagar senão a carne de cavalo travestida, a *kafta* deglutida num clima *kaftiano*, de azulejos e fórmicas e bocas ruminando no alto de corpos esgotados, usurpados, chupados pela máquina de fazer a sopa rápida, o sanduíche expresso, a pizza retalhada, a média requentada, estômago houvesse para acolher o óleo quarenta e a graxa de porco, um enorme acampamento de garimpeiros, cavando, cavando sempre, quem lucrava eram os fornecedores, os atravessadores, os intermediários, tudo provisório, tudo rápido, tudo inacabado, tomar o que fosse possível, o quanto antes, a mão bem mais rápida que a vista, em busca do ouro, e os humilhados, os ofendidos, os eteceteras, encantados com a oportunidade de passear pela avenida São João, *Saint John Avenue*, gozando o final da semana inglesa, isto ele pensava a bordo daquele bonde e pensava também que a locomotiva bandeirante consumia gente nas suas fornalhas, aquela gente que se gastava sem saber, *bandeira das treze listas*, enquanto os barões e tubarões se ufanavam e afanavam, *são treze lanças de guerra*, de uma conquista que não lhes pertencia, *cercando o chão dos paulistas*. Foi então que o bonde lhe devolveu a ideia da revolução e ele se sentiu responsável pela liberdade de seus irmãos. Sua existência não teria sentido se ele não se dedicasse à causa, à conquista dos direitos do homem, à solução dos problemas sociais. E, à medida que avançavam — ele e o bonde — seu peito arfava por ter a consciência de que tudo estaria perdido se ele não começasse a agir imediatamente. Levantou o braço, olhando as putas na calçada, milhares de putas num acampamento de garimpeiros, e desceu do bonde para entrar na História, em estado de choque, esmagado pela terrível realidade de sua condição, ao mesmo tempo que alimentava em seu espírito a ternura e a compreensão por aquelas pobres criaturas desamparadas pela sorte, vítimas indefesas de um sistema injusto que ele ajudaria a destruir. Uma loira se aproximou, ele procurou disfarçar, precisava escapar à situação, mesmo que ele quisesse não seria capaz de uma coisa daquelas, não seria capaz, estavam conversando, a menina era linda, uma criança, ele não queria responder, ela estava perguntando se ele gostaria de subir ao apartamento, a mão daquela quase criança lhe acariciou o ventre e ele sorriu, mas não seria capaz, não seria capaz, além do que havia Olívia, era com ela que ele gostaria, não, não, ele não estava bem certo se teria dinheiro suficiente, precisava perguntar à quase uma criança e ela lhe segredou uma cifra razoável, não ficava bem tirar a carteira e conferir, o jeito era arriscar a posterior bronca em caso de insuficiência de fundos, a menina valia, um sujeito atravessou a rua para falar com ela, *espera um pouquinho, meu bem, eu desço logo,* ele ouviu, sentiu vontade de sair correndo, agora teriam que fazer tudo às pressas, pobrezinha, quem passasse por ela durante o dia jamais poderia imaginar, tão familiar. O elevador tremia nos alicerces como um bonde na vertical, a porta era de correr, a mãozinha pura pura abriu a sanfona, os saltinhos tiquetaquearam no pavimento de mármore e ele se viu num quartinho igual aos que já conhecia de cor, uma cama coberta por uma colcha rendilhada de manchas suspeitas e a indefectível luz azul, debaixo do Sagrado Coração de Jesus. Subiu para a máquina pensando em

Olívia e embora fosse capaz de levar indefinidamente um orgasmo pelo beiço, deixou-se afundar na lascidão, antes que a quase menina lhe batesse nas nádegas e lhe pedisse para descer. Ao sair, sentiu vontade de um banho, sempre sentia vontade de um banho depois, que lhe tirasse um pouco da culpa, após a revolução aquilo não se repetiria, tinha acontecido porque ele não soubera se controlar, falta de ideologia. Estava brincando, se fazendo de adolescente, na realidade não acreditava que a revolução viesse tão cedo, porque os encarregados de a fazer conchavavam, protelavam, já viu o tamanho de uma bala de metralhadora? o buraco era ainda maior na saída, aquilo devia doer pra burro, os homens preferiam reunir, relatar, falar, explicar, analisar, legalizar, sentiam-se mal na clandestinidade, ele não se responsabilizava, a loirinha era um pedaço, ele não iria salvá-la, pelo contrário, voltaria outras vezes para ajudar a perdê-la, porque os dois grãozinhos que ele carregava dependurados na sacolinha ainda não haviam crescido o suficiente e ele precisava amadurecer e deixar de lado a imaginação livresca, até aprender a sentir os homens, senti-los com os sentidos a não com a mente. E isso ele não sabia quando nem como. Caminhou pela avenida, misturado à multidão, pensando na loira, na putinha loira, na prostituta loira, na marafona loira, puta, puta, puta, ia repetindo, para não se iludir, a menininha loira era uma puta, ele acabara de se deitar com uma puta, o mundo estava cheio de putas que não eram aquelas, isso ele precisava saber de cor para se acostumar, para que sua alma de poeta não voasse tanto pelos ares, puta, putinha, putona, putas loiras, putas negras, putas morenas, putas de bundas grandes, putas de bundas pequenas, putas altas, putas magras, putas de bundas médias, meu Deus, estava envelhecendo! Entrou num cinema, sem olhar para o programa, e acompanhou com o coração na boca um batalhão americano, tentando salvar uma patrulha na Coréia.

XIX

Meu bem, você já reparou como as *blue jeans* nacionais são malfeitas? O dedinho de Olívia apontava uma abertura lateral que deixava à mostra um pedaço da coxa, abençoada precariedade da indústria nacional, você quer ir comigo à rua Augusta? Ele disse que sim, a rua Augusta naquele tempo dava ambas as mãos e já se tornara mundialmente badalada por suas gatas e sapatos. Iniciaram pois a busca de uma calça americana legítima, que pudesse conter um traseiro completo, sem transbordar, ele não estava interessado em que as calças americanas fossem melhores, entrava nas *boutiques* um tanto constrangido, sentia-se observado, porque sua roupa não tinha o corte *avant-gard* que distinguia os *habitués*, e eu sou ingênuo pra ficar torcendo pela indústria nacional? na hora em que os putos tiverem força suficiente vão partir pra cima dos outros, a lei da selva, Olívia conversava em francês com uma velhota de nariz rubicundo, em italiano com um conde falido e cheio de ademanes, e em inglês, numa portinhola transformada em *bazar*, com uma cegonha de óculos, tudo por uma calça Lee autêntica, mais cedo ou mais tarde eu acabo sendo sorteado, ele era um peixe menor, dentro do aquário, como tantos outros, insignificante, sabe que eu nunca usei uma Lee? Se lhe perguntassem por quê, não saberia responder, deixava de fazer as coisas quando simplesmente não aconteciam, um amigo costumava dizer — vamos ter que viver nas catacumbas, meu caro, como os primeiros cristãos, quem tiver consciência será caçado nas ruas. Olívia correu a cortina, Olívia sem calças, Olívia diante do espelho, a cegonha de óculos entrou com outra *blue jean*, ele ouvia as vozes lá dentro, aquela sacana tinha jeito de papa-meninas, Olívia de calcinhas diante do espelho e a cegonha espiando por trás dos óculos, talvez tentando a mão-boba, *why dont't you try this one*? pois sim! Uma senhora entrou na loja, grávida, olhou para ele com simpatia, lá dentro a pernalta devia estar tentando se esfregar em Olívia e ele sem poder reagir, a mulher tossiu, a cara de Cegonha apareceu no canto da cortina, ah, *Mrs. Conceiçao, just a moment, please*, Cegonha recolheu o pescoço, Mrs. Conceiçao Sem Til, uma simpatia, tentou fazê-lo escutar a singular narrativa de sua última aventura no interior de um táxi, onde um desses irresponsáveis arriscam a vida alheia, não por mim mas pela criança, o marido não tinha podido trazê-la, uma tragédia, reunião com a diretoria, o senhor nem imagina, já não se pode contar com os empregados, o Natal foi uma catástrofe, uma porção de devoluções, o senhor sabe, eles fazem de propósito, quando a gente se descuida um pouco, zás! metem a faca no couro, um corte superficial, que a gente não consegue ver de jeito nenhum, depois o sapato se abre, ninguém sabe quem foi, ele concordava, uns desalmados, tinha vontade de rir mas acrescentou alguns comentários irrelevantes e estimulantes, ela começou a descer a lenha no governo, Olívia saiu com um sorriso seraphyco, Cegonha tentava lhe vender um par de sandálias, Mrs. Conceiçao Sem Til apressou o final de outra tocante história em que seu filho mais novo quase caíra do muro porque a ama não fora suficientemente cautelosa. Nesse preciso instante, um caminhão fechou um táxi diante da loja e Mrs. Conceiçao teve que engolir um VIADO! gritado com gosto e digerido com uma certa dificuldade, mas que grosseria. Olívia sorriu para Cegonha que sorriu para Mrs. Conceiçao que sorriu para ele que sorriu para Olívia, e todos continuaram sua curta e feliz existência, cada qual dizendo a cada um o que lhe parecia fun-da-men-tal. Uma gata atravessou a rua, perseguida por dois boyzinhos motorizados que chupavam a brisa entre os dentes, como se chamassem a cadelinha lá de casa, uma segunda mal engrenada arranhou os ouvidos num raio de quilômetros, vai firme! gritava o co-piloto, que era obrigado a descer e cantar, porque o outro só dirigia, sorrindo e assobiando, a gatinha sumiu numa das lojas, que tal se a gente fosse tomar um sorvete? Desceram a Augusta, um velhote se meteu na frente do carro, Olívia freou, o velhote fazia sinais confusos, para que esperassem, levava um cãozinho no colo, o bicho se assustou, o velhote resmungava, ele percebeu que aquilo representava a fragilidade humana diante do imprevisto e meteu um pensamento que transformou o pobre homem em personagem russo. Acabaram enveredando por Gogol, você se lembra das duas cadelinhas conversando, no *Diário de um Louco?* pois aquilo é o começo de Kafka. Olívia achou interessante e ele se aventurou a mais algumas considerações sobre a comunicação de massas, do Tio Patinhas a James Bond. Tomaram sorvete de pazinha, ele segurou os ombros de Olívia e a beijou, uma loja de discos gritava *Maria, I just met a girl named Maria*, aproveitou o curso da União Cultural Brasil-EUA, *named Maria*, olhou Olívia nas pupilas e sentiu uma vertigem, a rua Augusta girava ao redor, *Maria, Maria, just met a girl*, CORTA! Olívia acordou do torpor recompondo a costumeira defensiva. Caminharam para o carro e desceram a Augusta até a Estados Unidos, você quer ir para casa? não, ele preferia ficar ali mesmo, com o cãozinho no colo, e tomar um ônibus para a cidade, como você achar melhor, ela falava sem emoção, Olívia, isso precisa terminar, já estamos no meio do livro e você não se decidiu, uma história não pode seguir indefinidamente, como um bate-papo, esvazia a ação, peloamordedeus, eu não suporto mais a passividade desse rosto! Girou o botão, preferia ouvir música, entra o comercial, Olívia canta um trecho de ópera, anunciando o lançamento de um novo sabão, ele se sente nas nuvens, por assim dizer, quase feliz, porque ela sorri, em italiano, como é que você aprendeu todos esses idiomas? E ela, com uma pontinha de orgulho, alemão com meus pais, italiano com uma amiga, inglês na escola, francês... ele já não escutava, lembrou-se de que era escritor e não escrevia, divagava, sentia-se murchar, os amigos perguntavam pelos poemas, e aquela peça de teatro, como é que vai? bem, obrigado, nem sabia do que se tratava, tinha tanta coisa na cabeça, aquela que começa com um rapaz deitado na cama e a prostituta chegando, ah, essa eu parei faz tempo, será que eu alguma vez pensei em escrever uma coisa tão idiota? agora estou trabalhando num livro de contos, genial! quando é que sai? e eu é que sei? aqui a gente nunca pode dizer quando as coisas saem, os editores levam um saco de tempo só pra botar os olhos nos originais, uma cambada de amadores, analfabetos, estariam melhor vendendo bacalhau! O livro tinha umas oitenta páginas escritas, mentira, depois de alguns meses continuava encalhado nas vinte primeiras, ele não fazia por mal, sentia-se inibido, bloqueado, cada vez se tornava mais difícil escrever, uma grande responsabilidade, a Literatura Universal, você sabe, não adianta produzir o miúdo, depois de Joyce, me entende? não se justifica, o negócio é espremer a cuca até botar sangue pelo nariz. E o Novo Romance? Talvez seja a solução. Para os franceses. Você já leu "Moderato Cantabile"? *E o que quer dizer moderato cantabile? Não sei, Madame Desbaresdes, este pequeno é um teimoso. O pequeno, imóvel, olhos baixos, foi o único a notar que a tarde explodira.* Olívia escutava, sem desviar os olhos, estava emocionada. *Vais te lembrar, disse Anne Desbaresdes; quer dizer moderado e cantante.* Ele sorriu, contrariado. Só porque eu disse um trecho de uma boa novela. E o que eu faço, não te interessa? Olívia lhe acariciou o queixo, ele ficou triste mas depois do beijo seria o segundo a notar que a tarde explodira. *Olívia, I must meet a girl named Olívia...* Quando deu pela coisa, a platéia estava deserta.

XX

Ele roía um grãozinho de amendoim, girando-o na ponta dos dedos, enquanto esperavam os convidados. Olívia olhava para ele com aquela simpatia que faz a alegria dos cães. Você não acha melhor a gente sair e deixar esses imbecis se virarem sozinhos? Ela pousou a mão sobre a dele, tranquila, faraônica: você gostou do meu irmão? Era um garoto inteligente, com uma irmã daquelas podia até ser um imbecil, estaria perdoado. Quando se conheceram passaram horas trancados no quarto, Olívia proibida de entrar, porque o irmão queria conversar com o escritor, esgotar todas as possibilidades. Ele teve algum trabalho para convencer o jovem de que seu primeiro livro era ruim, o outro discordava, nem tanto, alguns trechos lhe pareciam interessantes e até muito válidos, muito autênticos. Não sei por quê, enquanto você falava da Europa me lembrei de um sujeito, um nordestino, que comia caramujos, daqueles que transmitem a esquistossomose, comia porque não tinha outra coisa, veja que engraçado, ele e a família moravam perto de uma lagoa e os bichinhos ali, dando sopa, aliás uma sopa bastante saborosa, você já imaginou a família toda mandando aquela porcaria pra dentro? pelo menos se vingavam, os esquistossomos comiam o fígado deles e eles comiam os esquistossomos, um moto-perpétuo, um círculo vicioso, válido, muito autêntico, será que no Nordeste eles usam as palavras com o mesmo sentido que a gente? Um caramujo válido, um esquistossomo autêntico, ele imaginava a família traçando a cornucópia, *vai comendo, meu filho*, e o menino resistindo, choramingando, menos por nojo que por amizade aos bichinhos, afinal brincavam juntos, você nem imagina como na Europa o pessoal é diferente, ninguém liga pra nada, cada um faz o que dá na telha, a gente pode até mijar na rua que os caras nem se tocam, isso de mijar na rua era bacana, o tipo da coisa gostosa e importante de se fazer, sem aporrinhações, sem lições de moral, ainda mais com essa falta de mictórios públicos, aqui não, o povo ainda é muito provinciano, vê um pênis e põe logo a boca no mundo. Sabe, quando você falou em caramujo lembrei, lá o pessoal tá nessa de comer caracol, uma coisa muito especial. Pois é, no fundo os costumes dos povos se assemelham. Apanhou mais um punhado de amendoins, a turma já havia chegado, ele gostava de seus companheiros de geração, uma geração espontânea, todo mundo muito válido, muito autêntico, Rodrigo desenhava o rosto de Olívia, ele sentiu ciúme, o lápis corria pelos cabelos, pela boca, pelos olhos de Olívia, profanando todos os segredos. Mordeu outro amendoim, com raiva, abriu o piano e tocou algumas notas, só com a mão direita, devia haver um concurso para pianistas de mão única, o vestido de Olívia subiu um pouco, ela estava sentada na mesa, com as coxas à mostra, ele percebeu que em causa própria era um moralista. O irmão de Olívia começou a tocar, não conhecia música, também era pianista de mão direita, queria ser maestro, no dia em que se conheceram ficaram regendo, de brincadeira, ele tinha pensado em arranjar uma bolsa de música na União Soviética ou uma bolsa de cinema na Polônia ou uma bolsa de teatro na França ou uma bolsa de literatura na Checoslováquia, e depois abrir uma loja de bolsas. Podia ser um grande pianista se não tivesse quebrado o dedo mindinho num jogo de futebol, no colégio, agora não tinha força naquele dedo, precisaria ser operado. Já pensou? chegar ao piano e começar, como quem não quer nada, uma surpresa geral. A literatura era uma arma branca, mais silenciosa, sem aplausos. O teatro sim, o autor incógnito, na plateia, o pessoal gritando, aplaudindo, a sensação nascendo na boca do estômago e se derramando pelo corpo, crescendo à luz dos refletores. Aproximar-se, atordoado, ver na primeira fila os sorrisos, as mãos se movendo numa serpentina viva, *plá,plá,plá,plá*, e as outras fileiras, o balcão — o balcão talvez fosse exagero, o teatro ainda era uma arte de minorias — merda, carência de tudo, até de aplausos! Mas dava pra quebrar o galho, um dia eu vou ter tantas traduções que os teus idiomas não vão ser suficientes para me ler, disse de prosa, era difícil trepar até a fama e devia dar um trabalhão. Mas o difícil mesmo era escrever. O irmão de Olívia colocou outro disco na vitrola, a turba estava lá embaixo, nos subterrâneos da fossa, uma choradeira terrível, as contradições do mundo contemporâneo desabando todas, um gole de gin, uma pipoquinha, ninguém sabia o que fazer, ele se levantou e foi até o portão, passando pelos destroços de sua geração e por uma rima em ão, acendeu um cigarro, o outro agradeceu, a noite estava agradável, aquele montão de estrelas tremeluzindo, sentiu vontade de comer melancia, voltou para dentro e foi até a cozinha, vergado ao peso da solidão e do chavão. Começou a procurar alguma coisa que lembrasse o pudim de laranja que a mãe costumava fazer, o riso de Olívia atravessou a porta e o feriu em cheio, no momento em que ele entreabria os lábios para morder uma fatia de queijo mineiro. O despertador da cozinha começou a tocar e sua mãe entrou, apressada, para tirar do fogo o pudim que, naquela noite, ele só pôde comer em imaginação.

XXI

Voltou para a sala, Wagner e Nietzsche discutiam, Wagner dizia que a Bossa Nova não se comparava à música folclórica escandinava, Nietzsche não conhecia a Escandinávia mas insistia no seu ponto de vírgula, dizendo que Wagner jamais ouvira um violão numa praia, de madrugada, com lua cheia e algumas doses de cachaça no chifre. A discussão estava ao nível dos joelhos quando Zaratustra pediu a palavra e confirmou a opinião do mestre, seu velho pai, mesmo porque a cultura européia era uma víbora e ele já estava cansado de ouvir a flautinha tocando para enroscar a serpente nos primitivos. Wagner começou a perder as estribeiras. Você sabe o que é amor? perguntou Zara, já um pouco sobre o vesgo, de tanto beber, me dá mais uma de carambola. Nietzsche sorria, o menino custava a descer da montanha mas quando vinha era pra quebrar. Escuta, Wagner, meu anjo, você é um cara inteligente, vai acabar coberto de ridículo. Ninguém aqui sabe coisa alguma sobre a Escandinávia, retorquiu o compositor ao rosto do eremita. Zaratustra gostava de jantar num restaurante escandinavo quando a serpente e a águia lhe deixavam um tempinho livre. Passava pela casa do Super-Homem e lá iam os dois tentar uma boa comida. Naquele tempo, o Super-Homem era um rapazinho tímido, franzino, ainda não sabia voar e estava longe de se tornar famoso como ator estático de historinhas quadradas. Foi num desses jantares que Super apresentou Zara ao professor Silvana, seu mestre de violino. Zara não gostou do homem pela maneira como ele pegava no garfo e, depois, como suas suspeitas se confirmassem, ele se julgava dotado de apreciável capacidade de observação. Se você não conhece a Escandinávia, não admito, Wagner estava fora de si e procurava um jeito de entrar, mas isso não quer dizer nada, você já ouviu falar na Águia de Haia? retrucou Zaratustra, pois é, mas a Águia existiu! Nietzsche começou a sentir dores de estômago, Zara precisava comprar uma resistência para a chocadeira, porque a outra águia, a sua, se recusava a sentar sobre os ovos durante o inverno. Você não passa de um nazista, gritou Wagner antes de sair. Nietzsche baixou os olhos: meu melhor amigo! Não chore, papai, murmurou Zara, segurando o boné junto ao peito, ele fala por despeito, ser nazista já não é privilégio de ninguém. O senhor precisa reagir, esses cristãos estão ficando insuportáveis. Nietzsche segurou os ombros do filho e os dois suspiraram em uníssono. Cada um de nós tem que carregar sua suástica, meu filho. Os fracos descobrem sempre um meio de sobreviver. Ele procurou a mão de Olívia, onde é que está?! Os outros ajudavam, quem foi que apagou a luz? ninguém tinha apagado nada, ele é que estava de óculos escuros, encontrou a mão de Olívia logo abaixo do pulso, ela conversava com um amigo, em alemão, um sujeito formidável, conhecido como o sujeito que mais conhecia os poemas de Ginsberg entre as pessoas conhecidas, a ponto de não se conhecer, num poema seu, o que era seu e o que era de Ginsberg. Puxou-a pelo braço, ela o repreendeu e ele olhou por cima dos óculos, não sabia de quem eram aqueles óculos e aquele bandolim de vidros enormes, os óculos de vidros enormes e o bandolim simples, sem vidros, que lhe cobriam a metade do rosto, agarrou uma perna e deslizou gostosamente a mão até o alto, a mesa fingiu que não percebeu, ele apanhou um copo e preencheu o vazio, a vitrola tocava Vivaldi. Vivaldi? Albinoni. Albicocus. Gonococus. Tomada, torrada, torresmo, aproximou-se mas não conseguiu distinguir o nome do gênio, procurou a etiqueta, girou a cabeça, entortou o pescoço e isso o fez pensar em organizar um safari na Espanha, para matar o assassino de Lorca, um safari de poetas. Ou matá-lo numa tourada. Quem amar Federico não falte. *El domingo, 10 de mayo, se verificará, si el tiempo no lo impide, una extraordinaria corrida de toros. Un hombre será picado, banderilleado y muerto a las cinco em punto de la tarde.* O desenho de Rodrigo estava em cima da mesa, manchado pelo fundo dos copos. Algum dia eles todos seriam velhos, os traços de Olívia lhe fugiriam da memória, era preciso olhar o desenho atentamente, como se estivesse num museu, assim talvez não esquecesse. Pisou a mão de alguém por descuido e ficou chateado com a própria estupidez. Pediu licença e subiu para o quarto de Olívia. Ali, entre os objetos que ela amava, ele se sentia menos só.

XXII

Olívia lhe pediu para acompanhá-la à Cultura Inglesa e ele se deu conta de que aquela história de ir para a Europa era coisa séria. Ela estacionou o carro diante do casarão e se demorou mais de uma hora. Voltou entusiasmada, com uma porção de folhetos, você já tirou seu passaporte? ela abriu o porta-luvas e lhe entregou a caderneta verde, com o brasão da República, aquilo de passaporte o aborrecia, sempre quisera ter um, mesmo que fosse pra guardar na gaveta, a gente se sente internacional, pensava, olhando a fotografia de Olívia, grande, bem acabada, virou algumas folhas, o passaporte se pôs em movimento, Olívia engrenou uma segunda, as folhas tremeram ao vento, mas o que é que te impede de tirar um passaporte? sei lá, parece que existe uma barreira invisível, sempre que penso nisso não consigo chegar a um despachante. Sabe, um dia vou ter uma amante, ela vai ser muito bonita, com um passaporte cheio de carimbos, porque ela vai viajar muito, já está viajando, mas nós ainda não nos conhecemos, nem sabemos que vamos ser amantes. Se você quisesse talvez isso não acontecesse, mas você tem o seu passaporte e quando ela me mostrar o dela eu vou me lembrar deste momento e ela vai dizer que viajar não tem importância, ela terá conhecido tantos lugares que isso tudo será apenas um detalhe. Então eu vou pensar que ela é você, alguns anos depois, quando você já estiver casada e o casamento lhe pesar e você quiser ter alguém que lhe diga essas pequenas coisas que eu costumo lhe dizer, para que você possa sentir que ainda vale a pena viver e carregar um passaporte e uma bagagem de recordações, mesmo que envelhecidas. E eu vou pensar que estarei sendo para ela o que sou agora para você, e estarei segurando as mãos dela, as suas, enquanto vocês me falam de terras distantes, mas será diferente, porque eu agora estou aquém do cais, ao passo que amanhã o passaporte, a paisagem, o cais, a amante e você estarão no meu lugar; e você achará estranho ter partido e me encontrar do outro lado, à espera; e deixará cair o passaporte e com ele o peso das viagens que não fez mas estarão catalogadas, como prova irrefutável. Ele pensava, segurando o passaporte, com os olhos derrotados. Olívia lhe pediu que lhe acendesse um cigarro, vamos, o que é isso — ela poderia dizer — você precisa resistir, eu não sou a única mulher no mundo, mas ela parecia ignorar o esforço que ele fazia para engolir o soluço, então ele se lembrou de um princípio elementar de ioga e decidiu retomar o controle antes que os macaquinhos lhe subissem ao sótão. Fechou o passaporte e o colocou no porta-luvas. Sorriu, sabe, eu acho que você faz bem, se eu pudesse abandonar tudo e ir embora também iria, desculpe eu ter sido tão chato. Olívia lhe pareceu surpresa, estava acostumada a vê-lo de quatro, você acha mesmo? Claro, era muito importante que ela tivesse novas experiências, precisava superar aquela resistência em relação ao amor, mesmo que não fosse com ele. Incrível como um diálogo daqueles acontecia quase sempre num carro em movimento, as frases cortadas pelo ruído das mudanças de marcha, um olhar lançado pela janela, o vento desarranjando os cabelos, descrições de paisagem, a técnica influía no romantismo, seria diferente se estivessem num tílburi, mas agora esses detalhes não interessavam, poderiam até estar numa banheira. Quer ir comigo à Faculdade? Uma Universidade policroma, os cursos mais agitados ficavam na cor vermelha, os opinativos, porque havia também os de medir, contar e cortar, relativamente mais calmos. Entraram na Filosofia, onde os alunos se compenetravam tanto que acabavam confundidos com os mestres. Havia um retângulo de vidro em cada porta, uma espécie de vitrina do saber, ele olhava para dentro, à procura do Conde Mosca, também conhecido como Professor Gogol, seu companheiro de amenos chopinhos no *Barril*. Olívia subiu à Secretaria, cumprimentando todos os filósofos pelo caminho, ele encontrou Mosca atrás de uma reprodução pictórica, meneando a cabeça em pequenas ondulações enfáticas, bateu no vidro, os alunos o repreenderam com um olhar repreensivo e o mestre, apreensivo, procurou disfarçar, mantendo os pupilos atentos mas dizendo claramente com os óculos — *deixa eu acabar de meter este Monet na viseira dos guris e a gente se manda*. Será que ele não me viu? Não teve coragem de bater novamente, subiu as escadas à procura de Olívia, gostaria de frequentar a Faculdade, fazer alguma coisa séria, que lhe emprestasse dignidade, para que os outros acreditassem nele, ser escritor não bastava, todo mundo escrevia, além do mais não tinha sentido uma afirmação pessoal baseada na pena se a maioria era desplumada, o que tornava a condição de escriba um privilégio tolo, uma eleição masoquista, cientificamente inexplicável. Se ele entrasse para *aquela* Faculdade, todos se inclinariam sempre que desse uma opinião, porque a Filosofia tinha fama de inteligente. Houve uma época em que o curso era uma coisa de doidos, um passatempo de desocupados, tão despreocupados com a sobrevivência que podiam passar o tempo se preocupando. Agora não, quem trabalhasse durante o dia poderia filosofar à noite, com dignidade. O movimento do grêmio aumentava, já não era fácil encontrar uma vaga nas mesas de xadrez ou de pingue-pongue. Segurou a mão de Olívia e ela o repeliu, não queria que os outros pensassem que estava comprometida, ele insistiu até que, num gesto brusco, ela conseguiu se desvencilhar, no justo momento em que o Professor Gogol deixava a sala, cumprimentando-os com um olhar cúmplice e procurando saber a quantas andavam, sem dizer palavra, movimentando os olhinhos aristocráticos por trás dos óculos doutorais. Uma hora mais tarde, ele e Gogol estariam no *Barril*, espetando batatinhas. Ele faria um minucioso relatório ao Professor e aos demais cavalheiros e todos procurariam a melhor solução para o que lhes parecia mais uma deliciosa e inconsequente história de amor.

XXIII

Estavam todos descobrindo o Brasil e suas coisas típicas, ele também colecionara algumas vivências, uma vez tinha ido à Penitenciária com um padre canadense, ajudá-lo a ajudar os detentos, o padre era muito querido, ouvia as queixas, ele secretariava a caridade, tomava notas, os homens pareciam inocentes, vítimas, podia ler naqueles rostos cansados, o padre prometia revisões de processos, distribuía cigarros, roupas usadas, sapatos, os presos se queixavam de que tudo seria vendido pelos carcereiros, ele não acreditava, os carcereiros estavam do lado de fora e não iam se comportar como se vivessem lá dentro, os presos andavam mal vestidos, pediam dinheiro, puxavam-no pelo paletó, falavam todos ao mesmo tempo e ele apavorado, o padre poderia sair e deixá-lo sozinho, por descuido, no meio daqueles irmãos menos favorecidos, depois de algumas visitas achou que a vivência estava ficando monótona, as queixas eram sempre as mesmas, ele não podia fazer nada, acabou perdendo o padre de vista. Olívia gostava de novidades, tinha descoberto um centro de Umbanda muito procurado pelos turistas, telefonou para uma porção de gente combinando uma noitada e acabou transformando a coisa num grande acontecimento. Reuniram-se numa sexta-feira, havia muitos carros e a romaria virou maratona, Olívia na dianteira, abrindo caminho. Naquela noite ela o amava, ele a olhou timidamente, como a pedir que ela confirmasse os prenúncios trazidos pelo coração em sobressalto, a resposta lhe chegou, prenhe de significado, um raminho de oliveira no bico de uma trêmula pomba. Os carrilhões da alma puseram-se a bimbalhar e um frêmito lhe percorreu a coluna vertebral. *Soprava a viração da noite, a madeixa de cabelos lhe sombreava o níveo fulgor do semblante, cujo delicado perfil parecia talhado em jaspe macio e diáfano, tão suave era o tom daquela carnação.* Já estavam entrando no salão quando o resto do grupo chegou. Os negros tocavam atabaques, os brancos batiam timidamente com os pés, às vezes alguém caía em transe. Olívia começou a sacudir levemente o corpo e aos poucos se entregou ao ritmo crescente, como se acompanhasse um cordão carnavalesco. A maioria foi aderindo e o que era sagrado para uns se transformou em motivo de riso para outros. Uma bicha saltitava do outro lado da sala, acabou partindo para uns passos de frevo e recebeu um safanão. O Pai de Santo convidou-os a cruzar o quadrilátero de giz, ele tirou os sapatos, com algum constrangimento e muito medo de cair no ridículo. O mulato gordo fumava charuto: zi ozê num tomá cuidado com êze mozo vai zofrê muito. Êze mozo gosta di rabo di zaia, ê-ê! Olívia achava graça, ele sincronizava com dificuldade, êze mozo gosta muito dozê, ê-ê! Mais zi ozê num tomá cuidado ele zai pelas zistrada no pé di boracha i leva os rabo di zaia paziá cum ele i ozê fica zozinha, ê-ê! Aquele sujeito estava a fim de lhe arruinar a reputação, ê-ê! E ele não gostava nada do jeito dele olhar para Olívia, segurando-a pelo braço e falando pertinho dela, ê-ê! Ficou esperando a vez, uma baforada o atingiu em cheio e os dedos do mulato lhe apertaram o braço. Moza munita, ê-ê! Ozê priziza dexá os rabo di zaia i cazá cum ela, ê-ê! A coisa estava melhorando, Olívia sorria, ele recebeu uma baforada na cara e tossiu, com o estômago virado, o mulato riu, ê-ê! ozê fraquinho, meu fio. Priziza cuidá mais da zaúde, ê-ê! Na saída, procurou os sapatos, Olívia estava perguntando alguma coisa a uma negra muito simpática, ele queria respirar um pouco de ar puro, já eram quase duas da manhã. Ficaram sozinhos no carro, os outros queriam esperar pelo fim. Por que é que você não segue o conselho do Pai de Santo? Olívia tinha razão, ele devia abandonar os rabos de saia e se casar com ela, como é que ainda não havia pensado nisso? Respirou fundo, até sentir uma dorzinha nos pulmões. Não precisou de muito esforço para atrair Olívia e beijá-la demoradamente, com o corpo bem junto ao dela, que aquilo tudo o tinha posto muito excitado, ê-ê!

XXIV

Três xícaras de farinha de trigo, três xícaras de açúcar, uma xícara de leite e duas colheres de manteiga. Serve-se em pedaços pequenos, cobertos com açúcar, um bolo maravilhoso: *Amor em Pedaços*. Havia também o *Bolinho de Amor* — duas xícaras de farinha de trigo, uma de araruta. Araruta era uma palavra curiosa, inhoque também, uma vez ele voltava para casa, de madrugada, e encontrou dois sujeitos sentados na sarjeta, um deles insistia, é sim, pode crer, o inhoque é feito de batata, o outro não se conformava, eu sempre achei que fosse uma espécie de macarrão. Olhou para o papel em branco, precisava começar, escrever qualquer coisa, depois as frases encontrariam o caminho por si mesmas, o difícil era capturar as primeiras linhas. Senhor Dostoievski, como é que o senhor consegue escrever romances de seiscentas páginas? *Creio que não há nenhum mistério nisso. Eu apenas costumo levar até o fim o que a maioria não ousa senão até a metade.* Qual é, no seu entender, a maior conquista do ser humano? *O caráter. Sem ele, a vida humana é abominável.* Na verdade, sua obra parece inteiramente voltada para essa questão. O senhor teria algo a dizer, a esse respeito, sobre nossa época? *Por razões que não vêm ao caso, há momentos na história da humanidade em que não são mais os indivíduos, isoladamente, que perdem seu caráter, mas a sociedade inteira. Essa me parece uma característica fundamental de nosso tempo.* Mas o senhor pode estar equivocado. *Certamente. Sou apenas um es-*

critor e, como todos sabem, os escritores não são necessariamente infalíveis. Sua capacidade de fugir ao trabalho e divagar era ilimitada. Uma vez tinha abandonado um poema para salvar um personagem de Kafka, no momento em que a vítima, antes de ser executada num terreno baldio, olhava para as janelas fechadas, indiferentes à sua sorte. Ele apareceu de repente e começou a gritar como um doido — ASSASSINOS! ASSASSINOS! — pisando nas latas e garrafas quebradas e fazendo tanto barulho que as janelas se abriram e os carrascos tiveram que sair correndo, para não sucumbir à avalanche de pratos, panelas e legumes que desabou em cima deles, a cidade toda se acendendo e perguntando como aquilo tudo tinha sido possível. Voltou ao romance, pensou, pensou, verificou se havia tinta na caneta, arranjou os papéis numa posição mais conveniente, mas na segunda linha sentiu que a coisa emperrava. Hemingway sabia como era trabalhoso escrever, refazia um livro trinta, quarenta vezes. Quando ele era menino e a literatura uma virgem esquiva, recortava todas as fotos do velho que encontrava nas revistas e as colava num caderno — caçadas na África, aventuras na linha de frente, uma vida mais ligada ao corpo, ao sangue, como a que ele gostaria de ter. Fitzgerald veio mais tarde, encarando as pessoas com aqueles olhos transparentes, de quem está sempre fora de foco, um olhar jovem, descalibrado. Amassou outra folha de papel, caminhou pelo quarto nervosamente, sentindo crescer a impotência, um temor semelhante ao que às vezes se tem de falhar sexualmente no momento crucial — crucial não era bem o termo. Sentou-se novamente, para recomeçar, e percebeu que tinha perdido Olívia, era inútil continuar insistindo, faltavam apenas alguns dias e ele estava certo de que ela não desistiria. Largou a caneta e chegou a duvidar da própria vocação, *vocare* — chamar. Levou a mão à adega e um pensamento terrível lhe trespassou a mente, outrora tão firme em seus propósitos e agora afetada pela avassaladora paixão que a consumia, a ponto de não mais distinguir os de sua estirpe. Vestiu as calças e partiu. Ao deixar o terceiro botequim, sentiu uma vertigem, a rua lhe fugia, era preciso segurar o mundo para que o aquário não transbordasse e a tartaruga não se perdesse, que tartaruga? a que ele havia comprado no dia anterior, numa loja zoológica, uma tartaruguinha amazônica verde, com um brasão no ventre, nobre como ele, que ia levando a anfíbia na palma da mão. A bichinha lhe fazia cócegas — ah — e ele ria, soluçava, com as lágrimas — ah, ah — salgadinhas escorrendo pelos cantos da boca. Aquela tartaruga era o símbolo do seu amor, um amor pré-histórico, um amor em pedaços. Desta vez ele tinha enchido tanto a cara que até a coroa se sentia mal. Apertou a tartaruga contra o peito, não havia sobreviventes, ela meteu a carinha entre as pernas e os dois prosseguiram a busca. Então, por instantes, ele recuperou a razão, olhou o brasão e pensou: se me despeço hoje, talvez não haja amanhã. A tartaruga mastigava uma folhinha de alface e ele sentado na calçada, procurando encontrar o fio da meada. Por que será que o bondinho de Santa Tereza tem um estribo tão estreito? O bondinho passava por lugares igualmente estreitos e se tivesse um estribo largo certamente não passaria. E por que não fizeram um bondinho mais estreito ou as passagens mais largas? Sei lá, essas coisas são um mistério. Quando percebeu, a tartaruga já ia longe. Colocou-a no bolso, perto da casa de Olívia a pobre estava quase morta, um-dois, um-dois, um-dois, as pessoas começaram a se aglomerar, um-dois, um-dois, ele abria e fechava as patas da tartaruga, ela recobrou as cores e respirou fundo. O senhor não deve levar tartarugas no bolso, especialmente no mesmo bolso em que o senhor carrega o maço de cigarros, elas são alérgicas, não suportam o fumo. Ele não gostava de observações na hora do trabalho, muito menos quando se tratava de fazer respiração artificial em tartarugas amazônicas. Olha, ela tem um desenho na barriga! A gente é obrigada a ouvir cada comentário! a senhora quer mandar sua filha tirar as patas de cima da tartaruga?! A bichinha voltou a si, entreabriu os olhos e sorriu, era uma tartaruga que amava a vida. Ele acabou de juntar seus pertences, agradeceu às pessoas que tinham contribuído com alguns trocados e subiu as escadas em direção ao templo onde a deusa o esperava, concentrada no próprio umbigo. Boas! exclamou, equilibrando-se no batente, com a tartaruga na ponta dos dedos, vestida de pirata, olha só o que eu trouxe pra você. Olívia deixou o êxtase, ele entregou a modesta oferenda, a deusa olhou-a com aqueles olhos penetrantes e, num gesto rápido, engoliu-a. Mas era brincadeira e logo ela cuspiu a tartaruga, que não gostou nada de ser cuspida e veio esfregando os olhinhos. Que coisa mais linda, disse então Olívia, acariciando o brasão e fazendo cócegas na barriguinha, a tartaruga se tornando logo sua amiga íntima e indo parar no prato da vitrola que girava girava com um disco de Noel, e a tartaruguinha tentando se equilibrar, Olívia, você é uma sádica. Ele apanhou a tartaruga com um certo desapontamento e ficou sentado, olhando a companheira, cuja cabeça ainda rodopiava, quando eu for uma tartaruga grande, disse a pobrezinha — *said the little child*, numa tradução não muito literal — que àquela época não sabia que tartaruga da sua linhagem não desenvolve — *ne développe pas* —, eu vou me fechar em copas e só apareço na hora de comer. As pessoas adultas são muito cruéis, onde é que está a mamãe?! Ela queria retornar ao útero, Olívia não gostou, ficaram em silêncio, a tartaruga se recolheu, ele se levantou, estava sempre sentando e levantando, ainda bem que a roupa era de tergal e não amarrotava, e foi até a porta. Olívia tornou a se concentrar no umbigo, camaleão, camaleão, quem nasce pra carneiro nunca chega a leão, Noel Rosa foi quem disse, lá em Vila Isabel. Você já comeu *Amor em Pedaços*? Olívia não respondeu, estava zembudista, ele então, só de raiva, disse que gostava muito dela, mas também gostava da tartaruga e que entre uma e outra ele preferia ele mesmo, porque a vida era para ser vivida e quem não acreditasse nisso melhor mesmo seria atirar a chumbada. Aí então ela disse que ele era um tolo, estava querendo desvendar todos os segredos dela e que ela falava quando quisesse e vivia quando quisesse e saía da concha quando quisesse. Então os dois riram, porque no fundo eles se gostavam horrores, mas era tão no fundo que só mesmo de escafandro poderiam chegar às algas daquele amor. Não iriam ficar juntos porque o destino não queria e porque eles tinham medo de compromissos. No futuro, quando ela voltasse, talvez pudessem se realizar na vida como todas as pessoas de bem, casar, trabalhar, consumir e se consumir, e deixar uma prole, uma ninhada inteligente, isso é que seria bom e bonito de se fazer. Os dois eram saudáveis e sensíveis e precisavam perpetuar suas brilhantes qualidades, tão brilhantes e tão importantes que eles agora evitavam malbaratá-las em coisas tão insignificantes como viver, por exemplo, e amar, por exemplo; e tão preciosas que eles preferiam guardá-las para si mesmos e não dar nem um pouquinho aos outros. A tartaruguinha roncava dentro dá carapaça, Olívia entrou em levitação, Paris, Paris, a dois metros do chão, ele à espera de que o fio invisível se partisse. Noel chegou ao seu destino, Olívia retirou o disco e ele se lembrou do dia em que estava comendo uma "maria-mole" com seu amigo Santiago e ficou engasgado com um pedacinho que lhe caíra no goto e que por um triz não lhe tirava a vida. Assim, uma coisa à-toa, um pedacinho de "maria-mole".

XXV

Guarujá, Guarujalém, pérola do Atlântico, refrigério paulino, refúgio de presidentes! Lá estava ele, na praia, com os dedos dos pés à mostra, sem gravata, procurando ocultar a palidez com uma camada de areia, um poeta à milanesa, Olívia estirada ao sol, rodeada de amigas, um conjunto de bronze e sal, Olívia sobressaindo, a mais sensual, de uma sensualidade menina, incestuosa, de carnes sólidas e um biquíni bem planejado, estudado com critério para ocultar no limite, um pouco menos e seria um traço, um detalhe, um acidente geográfico. Ele só não gostava dos olhares que passavam, um deles chegou a lamber os beiços, ele viu quando o sujeito meteu o cotovelo no estômago do parceiro e cravou os olhos no ventre de Olívia. Ela não tomava conhecimento, escondia-se atrás dos óculos escuros, nenhum movimento perturbava aquela serenidade, o Guarujá não lhe podia fazer nenhum mal. Ele tentou se descontrair, não pensar, não sentir ciúmes, estava magro, pálido, perdera o pouco encanto que a roupa lhe emprestava. As amigas de Olívia conversavam, os amigos ouviam o murmúrio das ondas, todos muito poéticos, muito à vontade. Ele olhou para os pés, meteu os dedos na areia, suas unhas tinham desaparecido, não gostava de andar descalço, os pés eram feios, geralmente os pés das pessoas são defeituosos mas os dele davam pena, dois bagulhos, as unhas dos dedos maiores tinham sido atacadas pelo cupim, uma espécie de fungo que ele não conseguia liquidar. Lembrou-se da operação, ele deitado na mesa, suando como uma caldeira, e o médico empurrando gentilmente a agulha debaixo da unha, anestesiando os dedos, a anestesia doendo mais do que a operação, devia haver uma anestesia antes da anestesia, ele gritando e subindo e a agulha penetrando fina, eficiente, o sogro ao lado, acompanhando, tinha tido a ideia, era médico, ele procurava se controlar, evitar que o outro visse sua fraqueza, aquilo era um desafio, a agulha jogava contra ele, o sogro achava engraçado, queria fazer dele um homem, agora ele compreendia por que nessa hora as pessoas contam até o que não sabem. Não tinha adiantado nada, as unhas continuavam na mesma, Olívia olhou para ele, escondeu os pés, vamos andar um pouco? Levantaram-se, ele molhou os pés, a areia grudava nas unhas e ajudava a ocultar o defeito. As nuvens se organizavam e eles se deixaram enlevar, Olívia ficou sentimental, seus lábios se encontraram no momento em que os raios de sol venciam cúmulos e nimbos, forçando a passagem por uma fresta azul-chumbo. Ele puxou Olívia para si, o corpo dela cresceu contra o fundo cinza dos edifícios quase anoitecidos, sentiu que ela estremecia. Quando voltaram, estavam novamente distantes, ela ficou com as amigas e ele foi trocar de roupa. O sol deteve sua marcha, esperando por ele, que pisava a areia com os pés calçados. Olívia estava sozinha, saindo da água, pensei que você tivesse ido embora, olha, a gente podia ao menos viver estes últimos dias com dignidade, sem agressões, você não está com frio? Ele apanhou a toalha e começou a secar os cabelos de Olívia, podia perfeitamente fazer aquilo como um gesto isolado mas agora a coisa não tinha muito sentido, esfregar a toalha na mulher amada era um gesto de posse, Maria Madalena devia ter pensado nisso quando enxugou os pés de Jesus, não quando lhe derramou o perfume nos pés mas, precisamente, no momento em que os enxugou. Os cabelos de Olívia ficaram quase secos e os dois caminharam junto à água, para se despedirem do Guarujá. Ele disse qualquer coisa que a fez sorrir, ela respondeu qualquer coisa que o fez entristecer. Ele a empurrou, ela revidou, gritando e atirando areia dentro da camisa dele, e os dois começaram a brincar e ele pediu um beijo e ela negou, se ele quisesse que fosse buscá-lo e ele queria mas ela correu e os dois riram muito e ela entrou no mar, ele não podia acompanhá-la porque era um adulto e estava vestido, Olívia mergulhou, rindo muito alto, e o riso dela fazia glug-glub debaixo dágua e ele mergulhou também, o mergulho mais delicioso, e os dois se afastaram da praia, não muito porque ele não sabia nadar, a roupa lhe pesava, ele procurava manter os sapatos nos pés, esforçando-se por alcançá-la, até que a agarrou e afundou com ela num beijo rápido, Olívia resistindo, cada vez menos, entregando-se afinal ao beijo mais longo, com a água escorrendo pelos cabelos e o sal descendo até a garganta. Então ele se sentiu jovem, percebeu que uma coisa daquelas só acontecia quando se era jovem e desejou permanecer assim, para poder agir sempre como naquela tarde, a fim de que o mar e a roupa nunca se opusessem dentro dele como coisas inconciliáveis. E ele pensou que aquela gente que passeava pela praia e também a que não passeava esperariam dele um comportamento mais razoável, as pessoas achavam graça, faziam comentários, tinham uma reação nervosa diante do amor, saíram da água, as roupas pesavam cada vez mais, ele começou a se sentir ridículo e ficou triste, porque aquele medo era um sintoma de velhice. Abraçou a cintura de Olívia e olhou decididamente para o horizonte, deixando que o sol morresse e levasse para sempre aquela tarde, mais uma tarde que se perdia ao longo dos seus quase trinta anos.

XXVI

A mulher abriu o armário embutido e se embutiu, de cócoras, ele ouviu a cascata e começou a rir, porque a mulher estava sentada num bidê e ele nunca tinha visto um bidê metido num armário, era uma coisa prática, evitava o suspense da espera. Enquanto a mulher acabava de borrifar o que havia para ser borrifado, ele tentou imaginar Olívia naquela situação, cavalgando o bidê com a mão em concha. Quando a mulher partiu para a carga da brigada ligeira ele percebeu que não tinha nada a ver com aquela amazona oxigenada e procurou se controlar para chegar ao fim da tarefa sem vexames, esforçando-se por manter no caminho os duzentos milhões de renitentes, empurrando-os ao longo do curral úmido e escuro, uma galáxia que lhe crescia nas virilhas, a caminho da destruição. Assim que o pequeno sol explodiu e a mulher recolheu pacientemente com a toalha os seus fragmentos, ele sentiu aquela vontade de chorar que os escritores às vezes mencionam, a fim de que seus personagens se tornem mais humanos. Pegou o cigarro que havia deixado no cinzeiro, estava apagado, algumas horas mais tarde Olívia tomaria o avião para a Europa, devia ter retirado a cinza antes de acender, cuspiu o sabor amargo, era um modo precário de passar aquelas horas, quase uma vingança, olhou o relógio na mesinha de cabeceira, a amazona lhe sorria do alto do cavalo branco e lhe perguntava se ainda estava disposto. Ele subiu numa cadeira e começou a falar para a multidão inquieta, minhas senhoras, é preciso compreender de uma vez por todas, e meus senhores, as razões que fazem de São Paulo uma cidade fria e desumana. É preciso que juntos encontremos um caminho para a solução dos problemas que nos afligem, não apenas a nós, habitantes desta necrópole, como também às criaturas menos favorecidas que, fustigadas pelo solo adusto e pela inclemência do clima, deixam a terra abençoada em que nasceram para, numa derradeira tentativa, procurar, ele procurou a abotoadura embaixo da cama, a multidão se agitou, impaciente, a mulher apontou e Olívia encontrou a abotoadura e a colocou no punho direito, procurar novas paragens que lhes tragam ao menos um pouco de compensação pelos inúmeros sofrimentos. Movidos por esse espírito de sacrifício, milhares de homens chegam à capital bandeirante e emprestam a força de seu trabalho, a mulher voltou para o armário embutido, a barra estava ficando meio pesada, ele encontrou a abotoadura debaixo da cama, Olívia encontrou a abotoadura e a mulher, de cócoras, a multidão encontrou a abotoadura, cavalgando o bidê, Olívia achou graça quando ele escorregou da cadeira e o deputado escapou de quebrar a costela na quina da mesa. Ele esfregou o tórax e continuou a pregação, enquanto Olívia acabava de arrumar as malas. Você sabe o que El Greco disse a respeito de Toledo? Ele disse que Toledo era como São Paulo, uma cidade fechada em si mesma, uma cidade sem mar, e que por isso os toledanos só pensavam no pecado e na morte. Disse também que os operários precisavam do mar, porque o mar é necessário à alma; e se os industriais tivessem um pouco mais de imaginação fariam um abaixo-assinado para que Anchieta construísse São Paulo no Rio de Janeiro. O proletariado voltaria ao trabalho na segunda-feira com mais disposição. Escuta, meu anjo, é o último dia, não me olhe desse jeito, deixa andar, ele desceu da cadeira, segurando o copo, a mulher pendurou a toalha e a multidão ajudou Olívia a procurar a caixinha da tartaruga, uma caixa de papelão com furos. Olívia não sabia o que dizer, as malas estavam prontas, eu gostei muito do seu discurso, principalmente daquele pedaço em que o senhor declara que sem pão-pão queijo-queijo não existe uma autêntica e duradoura estabilidade social, aliás foi assim na Mesopotâmia, no Egito, em Roma, quantos impérios resvalaram do cavalo pela inobservância de tão curial princípio?! maravilhoso, divino, o senhor está de parabéns. Apertou o nariz de Olívia, a máquina do tempo levou-os a Eldorado, fazia frio, ele a protegeu com o casaco e os dois caminharam de mãos dadas até o ancoradouro de madeira. Eu me sinto tão bem aqui, ela disse, olhando para a água, uma água cinza e podre, com alguns peixes mortos na superfície e reflexos apagados. Ele a trouxe para junto de si, o nariz de Olívia voltou ao lugar com um pequeno estalo, ele precisava inventar alguma coisa que a detivesse, Olívia fechou a mala, eu acho que seria bom voltar um dia com você a este lugar. Ele colocou o copo sobre a mesa e arrastou Olívia pelos pulmões, ela se deixou apertar como um tubo de pasta de dentes, sem resistência, ele sabia que os olhos de Olívia estavam abertos e que seu rosto exprimia desagrado e impaciência. As vozes cresceram junto à porta e os primeiros amigos começaram a chegar para as despedidas. Esquece essa mulher, vai por mim, ela acaba te liquidando. O irmão de Olívia olhava para ele com piedade, a empregada veio avisar que o jantar estava sendo servido, desceram para a sala, vai por mim, procura alguém que esteja na tua, os amigos falavam com entusiasmo, ensinando o que Olívia devia fazer para viver em Paris com pouco dinheiro. Alguns copos se passaram, o pai de Olívia colocou as malas no carro, os amigos se despediam e chegou o momento de apertar a mão de Olívia sem entusiasmo. O senhor não quer vir conosco ao aeroporto? O pai de Olívia lhe segurava o braço com um ar compreensivo e solene, muito obrigado, era um pouco tarde, ele preferia não ir, Olívia fechou o portão, o pai acendeu os faróis, ele a viu ainda uma vez, recortada contra a luz, os lábios de Olívia se moveram numa palavra que ele não pôde compreender, ele ficou à espera de que o carro se afastasse, o pai de Olívia, o irmão de Olívia, Olívia.

XXVII

Olívia foi aprovada no curso de Psicologia, em Munique, numa classificação honrosa para suas cores; mas os senhores da alta direção concluíram que ela, um produto do subdesenvolvimento, não poderia frequentar as aulas. O ensino latino-americano deixava muito a desejar e ela não estaria em condições de acompanhar o ritmo. Quem diria, Olívia impedida por falta de ritmo! Aquilo era a Terceira Guerra, uma nova provocação dos germânicos, então Olívia, com seus idiomas, seus olhos verdes, sua pronúncia acentuadamente europeia, também podia ser considerada subdesenvolvida? Riu. Ela não tinha a menor ideia do que significava aquela rejeição, seus pais eram europeus, ela se sentia ligada à cultura europeia, aos seus usos e costumes, e agora os ancestrais a repeliam. Era no que dava navegar com um pé em cada canoa. Olívia amava a Bahia de Jorge Amado, com seus folclores, sua música e comidinhas típicas, amava o Cristo Redentor, o Guarujá, Ouro Preto e Sabará, duas canoas que navegavam em direções opostas. Ele ficou triste com a notícia, perdida por perdida que ao menos pudesse estudar. O irmão de Olívia também lhe contou que ela era muito requestada pelo inimigo e que sua mãe costumava colocar as fotos que Olívia tinha tirado dele no para-brisa do carro, para afugentar os pretendentes. A tartaruga amazônica foi o maior sucesso, os germânicos estavam encantados com o seu tamanho, o Amazonas é tão rico em coisas exóticas, não é de lá que vêm aquelas bandejas de asa de borboleta? Olívia dizia *tataruga*, comia o *r*, devido ao leve sotaque, a bicha acabou se chamando Tata, morava num aquário, numa *strasse* elegante, e só navegava de costas, para mostrar a simetria do brasão. Mas Olívia se esqueceu de que Tata era anfíbia e deixou de colocar pedras no aquário, para que ela pudesse repousar fora da água. Numa bela manhã, a população de Munique foi abalada pela notícia de que Tata já não pertencia ao mundo das semoventes. Para ele Tata era mais do que uma tartaruga simpática, comportava-se como aliada e ele se sentiu na posição de um chefe da contra-espionagem que perdesse o melhor dos seus agentes. Tata funcionava como último elo de ligação afetiva entre ele e Olívia. Toda noite, quando Olívia voltava para casa, seu primeiro olhar era para Tata, para ele próprio, que se fingia de morto, escondido na carapaça, até sentir os dedos de Olívia numa carícia apreensiva. Agora, sua vida estava nas mãos de Neco, um japonês preguiçoso que passava o dia todo numa caixa de celulóide, esperando que Olívia brincasse com ele. Não seria a mesma coisa, Neco era apenas um boneco e, além do mais, oriental. Tata lhe parecia insubstituível, um ser vivo, inteligente, capaz de sutilezas. Foi em meio a tais conjecturas que ele percebeu o óbvio: sua vida tinha parado, ele existia apenas em função da tartaruga de Olívia, do boneco de Olívia, das cartas e do regresso de Olívia. Era preciso reagir, não haveria ninguém naquela cidade à altura de Olívia, que pudesse substituí-la? Então ele se lembrou de Manucha, Manuela, sua irmãzinha espiritual, a melhor amiga de Olívia. Incrível, eles estavam todos os dias juntos e só agora ele se lembrava dela, se aquilo fosse um romance teria perdido uma personagem importante, não poderia introduzir Manucha àquela altura, seria preciso desenvolvê-la do princípio, aos poucos, uma regra elementar, você não pode meter uma personagem principal numa história como se ela caísse do céu, toda narrativa deve ter um desenvolvimento lógico, sujeito, verbo, complemento, as personagens principais, as secundárias, um nó dramático, suspense, mensagem, intriga, Manucha seria uma personagem secundária só pelo fato dele falar menos dela do que dos outros? Na verdade, ela significava para ele um acontecimento raro, uma coisa preciosa que ele preferia guardar para si, longe dos ruídos do mundo. Sabe, Manucha, eu gosto de você porque não preciso lhe explicar nada, ele se lembrou dos seus entendimentos nas tardes frias de São Paulo, tu já ouviste falar de Cascais? Manucha era portuguesa, tinha passado sua adolescência em Lisboa, havia um bosque onde Manucha costumava ficar horas em silêncio, sozinha. Um dia, vieram as máquinas e no lugar do bosque surgiu uma vila. Talvez por isso os olhos de Manucha fossem tão tristes, como se ela esperasse pela destruição das máquinas e a restituição do bosque. Estavam no terraço, a casa de Manucha era enorme, sem perder a sobriedade, ela falava de Solesmes, uma abadia beneditina onde se canta o mais belo gregoriano do mundo, havia tanta coisa importante que ele desconhecia, às vezes seus entendimentos nas tardes frias se tornavam difíceis, Manucha lhe descrevia os museus, a casa de Rodin, um passeio pelas ilhas gregas, ele seguiu o vôo dos pombos e desceu com eles a vertente dos telhados, até a pequena chácara, alguns meses antes. O chacareiro mergulhava a enxada na terra úmida, ele perguntou ao bom homem se havia algum barracão para alugar, o bom homem pareceu gostar da maneira como ele olhava para os canteiros, as dálias estavam maduras, o senhor gosta de flores? o bom homem as cultivava com olhos de verdureiro, continuou a cavar, ele esperou a resposta, as dálias oscilavam ao vento, ou podiam estar quietas, sempre seriam dálias, mesmo depois que tudo estivesse acabado, o menino pode me dizer para quê deseja o quarto? Ele ficou embaraçado, não podia explicar que era um artista, o bom homem o encarava com malícia, isso é lá com a patroa, o menino tem jeito de gente séria, veja lá com ela. Subiu os degraus de madeira para falar com a patroa, seria bom morar num quartinho simples, sem que ninguém soubesse que ele era um poeta, que ali, entre repolhos e margaridas vivia um Van Gogh da palavra. A patroa não estava interessada em artistas, ele desceu a escada de madeira com a sensação de que apodrecia. *Pode crer, todos nós apodrecemos, é só uma questão de tempo, alguns conseguem esconder um pouco mais, um dia a gente olha e vê que eles já estão mortos há séculos.* Não ia discutir, o amigo sabia melhor do que ninguém, talvez ele já estivesse germinando outra vez. Ouviu um rufar de asas, os tambores voltavam para o pombal, ele também, com as asas pendentes. Manucha lhe falava do canto gregoriano, o mais belo do mundo, numa cadência de voz que, por si, já era um canto gregoriano, a empregada lhe perguntou pela segunda vez se ele aceitava um café. Uma chuva fina começou a descer, foram para a sala, ficaram em silêncio e Manuela o envolveu com um olhar infinito. *Será que vai restar alguma coisa de tudo isto, de nós?!* A tarde explodiu sem que ele encontrasse uma resposta, a sala ficou às escuras, eles eram apenas dois vultos silenciosos e frágeis, Olívia doía dentro dele, os olhos começaram a chorar sem seu consentimento e ele percebeu que Manucha também chorava e que eles não se perderiam. *Tenho muita pena de ti, sabes?* A sala se tornou pequena para conter o grito que ele tentava a custo dominar. Somos duas almas gentis, gracejou, forçando um sorriso. Tu queres comer alguma coisa? uma fruta? Ele enxugou as lágrimas e aceitou. Ao morder a pêra, na cozinha, sentiu que ainda estava na casa de Olívia. E, por mais intimidade que tivesse com Manucha, não pôde evitar um estremecimento de vergonha, quando seus olhos se encontraram sobre a xícara de chá.

XXVIII

O cartão postal mostrava um castelo na Itália, ele atravessou a ponte levadiça e as salas abandonadas, até encontrar a letra de Olívia, do outro lado, quase ilegível: "Dois dias neste castelo, um lindo castelo; mas, onde está o meu Lancelot?!" Lancelot era ele! era ele! Começou a pular, sapateando no piso de pedra, uma armadura se desmanchou com a trepidação do coração e os gritos ecoaram pelos corredores, toquem as trombetas, Lancelot ordena aos soldados que abandonem o ócio permanente em que vivem e se preparem, polindo armaduras, e aprestando corcéis, e que o coro dos menestréis gargareje e entoe: *I'm Lancelot, the guardian of the bathroom!* Aquela insinuação era na verdade uma rendição, a guria capitulava, hip, hip, meteu o cartão no bolso e foi à casa dela, apenas para confirmar. Era verdade, Olívia estaria de volta antes do fim do mês, desiludida, a experiência não tinha corrido como ela esperava. Ele podia ser o maior sacana do mundo mas nunca uma derrota lhe soara tão bem, porque não era Olívia a derrotada, era a Europa. O irmão insistia, vem comigo ao aeroporto quando ela chegar, você sabe, ela tá muito por baixo e ia gostar de te ver lá. Ele havia planejado o contrário, deixar que ela o procurasse, não que ele quisesse se prevalecer mas seria bom esperar que Olívia confirmasse a insinuação de que o amava, não podia jogar no escuro. Acabou concordando e na véspera da chegada ele se entregou às mãos de Gilberto, um velho lobo do mar. Foram a uma *boite*, preparar os termos da rendição. Na volta, o táxi adernava e eles se agarravam à amurada, Gilberto distraía o almirante com uma história de piratas e ele com o queixo na janela, deixando cair ao mar uma avalanche de pipocas e uísque, sem tamanho, rendilhando o pára-lama. Quando chegaram à casa de Gilberto, a porta do carro era uma encosta nevada e o almirante queria saber o fim da história. Gilberto ria, ninguém lhe pode dizer, os piratas farão tudo para conquistar a fortaleza. O dia estava acordando e ele só teve tempo de tomar um banho rápido e seguir para a casa de Olívia. O aeroporto lhe pareceu uma solteirona amanhecida sem cuidados, longe da cidade, ele não contava com a viagem de volta, devia ter trazido Gilberto para lhe perguntar o que fazer. O avião desceu, Olívia atravessou a pista, o pai e o irmão faziam sinais, Olívia os descobriu e seu rosto se abriu num sorriso. Olívia os descobriu e sorriu. Olívia reconheceu-os e sorriu. Ele se escondeu, para que a surpresa fosse maior. Quando ela o viu, metido no casaco de corte francês, os cabelos penteados para o lado, um Lancelot diferente, mais tranquilo, mais velho, quando ela realmente o viu, suas pernas fraquejaram e ele teve que se segurar no balcão. Olívia se aproximou, havia uma parede entre eles, de vidro, não uma parede figurada, uma divisão mesmo, do aeroporto, eles não podiam se ouvir, os lábios desenhavam uma imagem emocionada. Olívia parecia contente, ele tinha feito bem em ir esperá-la, não havia mais ninguém da turma, numa hora dessas é que a gente conhece os amigos. E os imbecis. Ele se sentiu bem com aquela felicidade, o irmão de Olívia bateu no vidro para dizer qualquer coisa e o encantamento se desfez. Ele estava admirado de que Olívia tivesse chegado inteira, para ele uma viagem daquelas não tinha volta, sempre que levava um amigo ao aeroporto se despedia secretamente, vai, meu filho, Deus te acompanhe. Olívia passava pela alfândega e eles se olhavam, à espera do encontro, sem o longo abraço e o beijo que ele havia imaginado, apenas um olhar indeciso e um aperto de mão. Estavam se medindo, ele percebeu que a luta ainda não tinha terminado, levantem a ponte! levantem a ponte! gritava Lancelot, mas os soldados estavam bêbados e o porta-estandarte de licença-prêmio. Quando chegaram à casa de Olívia, ela lhe disse que a viagem fora muito cansativa, maneira delicada de lhe pedir que a deixasse sozinha. Caminhou pela cidade, humilhado, e voltou algumas horas depois. Os amigos tinham chegado, contavam a Olívia todos os progressos conseguidos na vida e no ofício, a poesia europeia já não tinha o que declarar, ela precisava se pôr em dia com o movimento, ler os manifestos, agora seria a vez da América Latina. Olívia escutava com dificuldade, as frases de sempre, e o que diziam não era a América Latina. Ele tentou mostrar a Olívia que não tinha nada a ver com aquilo — olha, eu escrevi estes poemas pra você — mas as palavras lhe pareciam velhas e os poemas desprovidos de interesse. Olívia estava decepcionada, sozinha, procurava um apoio, alguém que a salvasse com alguma coisa mais concreta e ousada que um simples manifesto.

XXIX

A empregada trouxe as cortinas, Olívia examinou as costuras e deu sua aprovação. Estou preparando meu enxoval. Ele achou engraçado, como é que ela podia preparar o enxoval se eles não iam se casar? Ele achou engraçado até o dia em que Olívia se casou, sem ele, uma verdadeira ação de comandos, fulminante. Quando se recuperou, depois de alguns meses, não teve outra alternativa senão cuidar do futuro, o que não era nada fácil, porque as ideias se misturavam na sua cabeça e a perda de Olívia lhe pesava como uma digamos condenação. O tempo atravessou um vagão de ampulhetas e ele continuou fossilizado, alimentando uma vaga ilusão. Uma noite, quando recebia as pessoas na porta do teatro, para um recital de poesias, quem é que aparece? Mais velha, não no aspecto mas no olhar severo, contido? Puxa, que coincidência! ontem mesmo pensei em você, como se não se lembrasse dela todos os dias, fiz até uma canção com esta minha amiga, eu a letra e ela a música, você quer ouvir? A guria que o acompanhava na leitura dos poemas cantou a musiquinha, uma coisa meio boboca e viscosa, em que Tata e Neco eram reduzidos à condição de suportes românticos. Olívia marejou, incrível como as melhores fortalezas sempre se perdem pela porta de serviço. O teatro estava ficando lotado, um teatro pequeno mas já era alguma coisa reunir duzentas pessoas para ouvir seus poemas. O recital foi um sucesso, na saída as garotas lhe pediam autógrafo e ele sentiu que era mesmo um poeta, raramente acreditava mas se os outros diziam e faziam comentários e sorriam devia ser verdade. Mas aquela não era a sua Olívia, das macumbas, das danças espanholas, corridas e festinhas debiloides; era uma senhora comprometida e compenetrada, sem vitalidade, com o mesmo olhar angustiado e insatisfeito. O marido tinha chegado na metade do recital, não gostou muito dos poemas, arriscou um comentário superficial e Olívia reagiu, agressiva. Agora defendia os poemas que ele havia feito para ela dois anos antes e que não lhe tinham causado nenhuma impressão. Alguma coisa havia mudado, *ela não é feliz no casamento, tá na cara*, a intriga lhe acariciava os ouvidos no momento em que Olívia o convidava para ir à sua casa, poderiam tomar cerveja e conversar. Ele quase aceitou mas seria uma deslealdade, o marido era um bom sujeito, fazia parte do grupo, não chegavam a ser amigos mas nem por isso. Recusou, tinha um encontro, ela insistiu, *aceita, meu velho, essa mulher te ama, vai por mim!* O amigo lhe segurava o braço, era um feiticeiro, um profeta, *se você quiser eu levo meu bandolim e a gente enfeitiça ela.* Ficou indeciso, Olívia e o marido esperando uma resposta, ele sabia que se o profeta o acompanhasse a luta seria desigual. Foi jantar com a amada do passaporte muitas vezes carimbado, uma senhora terrivelmente feminina e felina que o fazia acreditar em si mesmo, um estouro de mulher que esnobava muita gente boa só pra ficar ao lado do poeta. Eles se amavam. Uma ou duas vezes por semana. E nos outros dias, o poeta escrevia, o que era uma prova de que a senhora, além de linda, o estimulava. E quando ele escrevia as coisas começavam a voltar aos seus lugares. Agora ele conseguia passar mais tempo em casa, já não sentia vontade de caminhar pela noite sem objetivo, a noite paulista o entorpecia, você já reparou como os bares ficam cheios de homens solitários? Alguns dias depois tornou a encontrar Olívia, casualmente, num jantar organizado pelo profeta para que eles se encontrassem. Ela estava sozinha, o marido tinha ido ao Rio, aquilo não ficava bem, guerra é guerra, se você não aproveitar essa chance pode se considerar um cristão, não ia aproveitar chance nenhuma, a gente acaba sempre apodrecendo, é só uma questão de tempo, de oportunidade. O cristianismo te pegou, meu velho, vai te comer inteirinho, que nem um câncer! Acompanhou-a até a porta do prédio, acho melhor você parar de fingir, ela não sabia o que ele queria dizer com aquilo, não estava fingindo, ele percebeu que o momento havia chegado, bastaria uma vacilação e ele esqueceria o cavalheirismo. O porteiro estava atento, se ela fraquejasse teriam a noite inteira para conversar, no carro, na rua, onde ela quisesse. Escute, eu não vou deixar que você se perca, é tudo um equívoco, me entende? Ela compreendia mas não havia nada de errado, estavam novamente jogando, ele desejava que tudo fosse verdadeiro, sem truques, não adianta você conquistar uma mulher com artifícios porque então ela é uma idiota e quem é que vai perder tempo com uma imbecil? Mas ela não se deixava levar por artimanhas nem por coisa alguma, abriu a porta do elevador, ele ainda arriscou, não quero que você se perca. Voltou para o carro, os amigos davam palmadinhas nas costas, não valia a pena confessar a derrota. Mais tarde, embriagados, pararam o carro debaixo da janela de Olívia e ficaram mil anos-luz gritando — desce, Olívia, desce que ele te ama! Quando ele soube de Olívia pela última vez ela estava morando na Itália, Via Della Pura, não dava o número para evitar a corrida. Nunca ninguém temeu tanto pela sorte da Torre Inclinada, Galileu e Olívia lá no alto, você conhece nossa Universidade? Ah, Galileu! Muita água do Arno passou debaixo daquela ponte, até que um dia Olívia se inclinou demais e sua imagem caiu no rio e se perdeu. Doutor, eu tenho um vazio aqui dentro, um buraco, o senhor compreende? O médico sorria, aquilo não era nada, você precisa ler o Padre Vieira, meu filho, ele tem sermões preciosos, especialmente sobre o amor à distância. Não se impressione, tudo isso vai passar. Tomou os tranquilizantes e esperou. Um dia, começou a sentir que alguma coisa lá dentro estava se movendo, correu para o médico e este lhe recomendou um geólogo, não entendia nada de solo e o que estava crescendo dentro dele era um vulcão, sim senhor, dos maiores. As várias camadas do seu passado começaram a se acomodar, isso não quer dizer que o senhor acabe acomodado, pelo contrário, à medida que o solo se torne mais firme, o senhor se sentirá mais seguro para explodir. Foi então que surgiu a esfinge. Ele caminhava pela avenida Ipiranga, num sábado à noite, quando o que lhe pareceu um gato preto cruzou os seus passos. Ele se deteve, com medo do mau agouro, o gato olhava para ele e movia a cabeça, disfarçadamente, como se o chamasse, mais essa, um gato bicha! Aproximou-se e, surpreso, constatou que o gato era uma esfinge, um filhote, aquilo não acontecia todos os dias, a esfinge sorriu e entrou num cinema. Felizmente não havia ninguém na sala de espera, ele segurou a esfinge à altura dos olhos, uma esfinge macho, ainda bem, só faltava encontrar uma fêmea, depois de tantos anos, qualquer poetisa de segunda podia comprar uma esfinge fêmea e fazê-la passar por macho, apenas os especialistas perceberiam a diferença. Será que você podia me levar pra casa e quebrar o galho com um pratinho de leite? A esfinge era simpática, ele comprou uma barra de chocolate, ela engoliu tudo de uma vez, que tal a gente ver o filme? A mamãe trabalha, faz uma pontinha na sequência das pirâmides, ela é maravilhosa, já contracenou até com Napoleão. Então a esfinge lhe contou que tinha vindo especialmente para ele, porque sabia que ele estava interessado em caçar uma esfinge mas não tinha dinheiro para ir ao Egito e que além disso ela não pretendia ser caçada, preferia ficar ao lado dele, viva, as pessoas perseguem sua esfinge todo o tempo e quando a encontram lhe metem uma bala na cara. Isso não tem sentido. O que adianta você levar um cadáver pra casa? mesmo que ele seja bonito? e você saiba empalhá-lo direitinho? e as pessoas olhem para ele e pensem que está vivo? Os que conhecem realmente uma esfinge sabem distinguir quando seus olhos são de vidro. A esfinge acabou de tomar o leite morno, olhou para ele e, imitando a mãe, o que ele percebeu porque a voz saiu mais grossa e as crianças engrossam a voz quando imitam os pais, olhou para ele e disse: decifra-me ou eu te devoro! Mas a esfinge era pura e muito infantil e não conseguiu controlar o riso e os dois ficaram rolando umas cinco horas, porque aquilo era ridículo, uma esfinge tão simpática. Não se iluda, quando eu crescer, quando eu for uma esfinge de verdade, você vai ter que me tratar com respeito, porque eu posso me aborrecer e liquidar com você. Mesmo que a gente conviva muito e você seja meu amigo. Ele parou de rir, era melhor decifrá-la agora, enquanto ela era pequena e menos complicada, estaria garantido, ela não poderia devorá-lo mais tarde, sua mãe nunca faria uma coisa daquelas. Não, você não entendeu, mesmo que você me decifre hoje não quer dizer que vá conseguir me decifrar amanhã, eu nunca sou a mesma. A esfinge sorriu, com os dentinhos pontudos, ele sabia que seria muito arriscado manter aquele bichinho em casa e muito mais arriscado alimentá-lo. Mas não poderia deixar de fazê-lo, era a única coisa que lhe interessava e ele tinha esperança de poder decifrá-la sempre. Lembrou-se de que a esfinge devia estar com fome. Você aceita um pedacinho de frango? Não, obrigado. Sou vegetariano.

XXX

A primeira coisa que você precisa fazer agora é abandonar aquele emprego. Estavam tomando banho de sol. É verdade que as esfinges podem viver até cinco mil anos? Presta atenção, eu estou dizendo que você tem que se mandar, aquele emprego é a tua mãe, lá dentro você perde todas as oportunidades de se arriscar. Nada de pedir licença, isso é bobagem, tem que sair definitivamente, para sempre, me entende?! Ele se sentia amarrado, havia quem dissesse que aquilo era macumba, a esfinge confirmava, estão querendo te botar doido, trabalhinho bem feito, cabeça de peixe, carretel de linha preta, agulhas, carne, sai pra lá, tudo enterrado no mato, se quiser posso até dizer quem foi. A esfinge arrumou os óculos escuros no nariz e escreveu um nome com a ponta da unha. Deixa comigo que eu desamarro. Ele pediu demissão, todo mundo pulou, as pessoas adoram pontos de exclamação, onde já se viu! aqui você estava garantido! aprovado em concurso! diplomado! Ele conhecia um sujeito que vendia quibes e que havia colocado o diploma de economista na vitrina, o pergaminho estava todo ensebado, o sujeito fazia questão de que o mundo soubesse que ele ganhava melhor a vida vendendo quibes, agradeceu ao pessoal pelos anos de convivência, eram ótimos colegas, despediu-se, com licença, telefona pra gente, não vá se esquecer! Desceu as escadas, não se esqueceria, eles não tinham culpa, eram companheiros de cárcere, dez anos, ele conseguira cavar o seu túnel. Chegou à rua e começou a mover os braços freneticamente, para não afundar. Sobreviveu o primeiro ano com dificuldade mas sobreviveu. O novo emprego era ótimo, faltava dinheiro mas sobrava tempo, ele se limitava ao necessário. Eu não te disse?! A esfinge acabou de ler o jornal e se estirou no sofá, ele se admirou de como ela havia crescido. Que é que você pretende fazer hoje à noite? Eu gostaria de arranjar uma gata bem arretada, você não sabe de ninguém que possa nos emprestar uma? Afinal, eu fico aqui em casa sem fazer nada, vendo você escrever essas besteiras, vou acabar precisando de analista. Já pensou se eu resolvo ir pra rua? Você acaba me perdendo. Ele prometeu à esfinge que lhe traria uma gata angorá, novinha, era só telefonar para uns amigos, mas eu pensei que você pudesse quebrar esse galho agora mesmo, sabe como é... Dizem que na Augusta as gatas são lindas, eu conheci uma no Cairo que era de Ipanema, é assim que se fala? Ipanema? Onde é que fica isso? A esfinge se conformou, não tinham dinheiro para a viagem, se você me mostrar Ipanema eu prometo levar isso em consideração no dia em que você não conseguir me decifrar. Ele interrompeu o trabalho, a esfinge colocou a peruca de trapos dourados e foram para a rua. Estavam descendo a Augusta quando ele sentiu novamente aquela coisa lá dentro, o corpo se estirando para a frente, numa ansiedade incontrolável. Você não pode andar mais devagar? estou me sentindo mal, acho que vou desmaiar. A esfinge começou a dar cambalhotas e subiu para o ombro dele — o vulcão! —

gritando e rindo — o vulcão está chegando! As pessoas paravam, pensando que fosse um gato amestrado, eles dançavam, a esfinge tocava uma flautinha mágica e as gatas saíam das lojas, para escutar, gatas de todas as cores, gatas, gatinhas, gatonas, gatas loiras, gatas magras, gatas morenas, gatas de bundas grandes, gatas altas, gatas de bundas médias, a esfinge delirava, uma injeção de café na veia! Ele pisava fundo no acelerador, o MG descia a Augusta a todo vapor, a esfinge guinchava de alegria, levantando a caneca de chopp, sua gata é uma beleza, a sua também, à saúde! No rio Arno, as buscas prosseguiam sem resultado, as dragas não conseguiam encontrar a imagem de Olívia. Ele estava tranquilo, percebeu que aquele amor não fora inútil, ele aproveitaria a vivência, muito autêntica, muito válida, pena que sua paixão por Odila só lhe tivesse dado material para um volume, de qualquer forma Olga haveria de se lembrar para sempre daqueles dias, mesmo que não o confessasse. Cruzaram a Visconde de Pirajá, puxa, que lugar lindo! onde é que a gente está? Ipanema?! você é mesmo um amigão. A esfinge atirou as gatas para fora, chegaram à praia e subiram na calçada, o MG era um tanque avançando na areia, toc, toc, toc, toc, toc, a esfinge delirava, aquela! aquela! mais pra direita! isso, agora castiga, toc, toc, toc, toc, perto da barraca vermelha, anda logo que ela já percebeu, toc, toc, toc, toc, toc, toc, ele metralhava sem piedade, mas o que é que essa velhota está fazendo aí?! passa por cima, eu disse por cima! ele olhava pela fresta de aço, um conquistador, as gatas procuravam escapar e a esfinge se atirava sobre elas de capacete e baioneta calada, o mar batia contra o MG, um mar dourado, de chopp, a esfinge corria, incansável, e a fila de prisioneiras aumentava, ele não saberia o que fazer com elas, talvez um campo de descontração, toc, toc, toc, toc, o senhor podia me dizer se a audiência das duas horas já se realizou? toc, toc, toc, toc, neste exato momento, a senhora sua mãe acaba de sair daqui agora mesmo, toc, toc, toc, uma folha de carbono, uma folha de papel de seda, toc, toc, toc, de repente o MG bateu em alguma coisa resistente — CLUUUUNNNCH! —, um barulho oco, ele ouviu a esfinge berrando lá fora, não podia ver o que estava acontecendo, abriu a escotilha e desceu. Você se machucou? A esfinge gritava, tentando afastar o monumento, ameaçando-o com as garras, o monumento era uma gata que olhava para ele sem responder, você se machucou? Uma gata de olhos azuis e longos cabelos cor de mel. A esfinge berrava, não se deixe envolver, agora que as coisas começaram a ficar boas pro seu lado você não vai querer se espetar outra vez! A gata sorriu, caminhou até o guarda-sol e voltou com uma gatinha siamesa no colo. Eu pensava que você fosse mais forte, a esfinge batia com a cabeça na porta do MG, que estivesse interessado em construir uma grande obra... Olá, muito prazer, sabe que você fica uma graça com essa fitinha vermelha? Na estrada, — não que ele fosse voltar, pois quem descobre Ipanema não volta nunca mais, que nem jangadeiro que se perde no mar — ele pensou em Olímpia, guardando o japonês na gaveta, os braços de Neco estavam soltos e sua roupa encardida, como se Odete o tivesse gasto de tanto retirá-lo da caixa, para lhe contar sabe-se lá que segredos. A gata de Ipanema era encantadora, uma burrice porcelânica, de acabamento impecável. Não sabia nenhum idioma, além do carioca, jamais tinha atravessado o umbral de um teatro e seria capaz de jurar que Freud era uma nova marca de salsicha. O livro estava quase no fim, talvez não fosse um grande livro mas ele *havia dado tudo de si* para realizar um bom trabalho. Agora precisava arranjar um título, pediu à esfinge que o ajudasse, ele não era muito bom nisso, uma vez havia escrito uma novela que se chamava "Uma Enorme Baleia Arpoada", a baleia era o sol, ensanguentando as águas do mar, antes de morrer na linha do horizonte, que coisa mais delicada! Então a Divina Providência veio em seu auxílio e colocou nos lábios da gatinha siamesa as palavras que se seguem, dirigidas à esfinge que, naquele momento, pretendia ser decifrada, mero pretexto para devorar: você não entende chongas desse negócio, chongas! De que negócio se tratava não vem ao caso, a esfinge estava por fora, não entende o quê? Chongas, você não manja chongas. Chongas? É, chongas, lhufas, nada. O que é que há, meu chapa, você não é daqui, não?! Bem que eu estava desconfiada desse teu sotaque. Chongas. A esfinge guinchou de satisfação, você viu só que gata inteligente?

Chongas. Chongas... cada vez que a gente pronuncia parece uma coisa diferente, uma palavra mágica. Taí o título pro teu livro! Experimenta, diz uma vez — chongas — isso, repete — chongas. Não é mesmo? Chongas. Agora você — chongas — todo mundo junto — CHOOOONNNNGGGASS! Ele pisou no acelerador até o fundo — CHHHONNN-GAASS, o pedal chegou ao limite e se quebrou, a velocidade pulou a cerca, aos pinotes, uma fúria, ele batia com o pé, tentando destravar mas não adiantava, agora seria impossível parar, e a chave? é só desligar, pombas, cala a boca, não se trata de um problema de mecânica, o negócio é metafísico, o autor pretendeu insinuar que o personagem estava irremediavelmente lançado à existência, usou uma linguagem figurada, percebe? Era preciso dizer qualquer coisa que marcasse, uma palavrinha que resumisse aquilo tudo — CHONGAS — antes que uma curva mais fechada os mandasse para a cucuia, todos — CHHHOOOONNG-GAASS! Então ele percebeu que a vida era como o bondinho de Santa Tereza, uma história de estribo estreito: quem não estivesse por dentro viajava dependurado. As gatas pareciam assustadas com a velocidade, a esfinge sorriu e aproveitou a deixa para roubar o papel e meter a mensagem final: tranquilidade, meninas, tranquilidade; na natureza, chongas se cria, chongas se perde, tudo se transforma. Lavoisier.

Setembro, 1967

O autor

Eduardo Alves da Costa nasceu em Niterói (RJ), em 1936. Aos dois meses de idade, mudou-se para São Paulo com seus pais. Graduou-se em direito pela Universidade Mackenzie (SP), mas não chegou a exercer a profissão. Trabalhou como redator de publicidade, jornalista, editor de textos, mas sua maior paixão sempre foi a literatura. Poeta, romancista, contista, cronista, escreveu algumas peças de teatro (inéditas) e, em 1982, após frequentar durante muitos anos o ateliê do pintor Mario Gruber, começou a se dedicar também à pintura. Atualmente, vive com sua mulher, Antonieta Felmanas, em Picinguaba, uma vila de pescadores situada no litoral norte de São Paulo.

Obras literárias

1960
- *Fátima e o velho (contos, Massao Ohno Editora)*

1962
- *Inclusão na Antologia dos novíssimos (Massao Ohno Editora)*
- *Organizou as Noites de poesia (teatro Arena, em São Paulo)*

1968
- *Inclusão na antologia Poesia viva (Civilização Brasileira)*
- *Inclusão na antologia Canto melhor (Editora Paz e Terra)*

1969
- *O tocador de atabaque (poemas, Editora Paulista)*

1971
- *Os hóspedes estão amanhecendo (teatro)*

1974
- *Chongas (romance, Editora Ática)*

1978
- *Suaves campainhas para o sono de Heitor (teatro, primeiro lugar no Prêmio Anchieta)*

1980
- *Livros infantis sob o pseudônimo de Dudu Calves (Editora Melhoramentos)*
- *O pombal de Toninho*
- *Quá-Quá, o pato guerreiro*
- *O quintal de dona Lula*
- *Formiguento, o preguiçoso*
- *Astrogildo, o hipopótamo elegante*
- *O macaco bananoso*

1982
- *Salamargo (poemas, Massao Ohno Editora)*

1985
- *No caminho com Maiakóvski (poemas, Editora Nova Fronteira)*

1987
- *No caminho com Maiakóvski (poemas, Círculo do Livro - SP)*

1989
- *A sala do jogo (contos, Editora Estação Liberdade)*

1991
- *Os sobreviventes (teatro)*

1992
- *Os meninos da pátria (teatro)*
- *A sala do jogo (contos, Círculo do Livro – SP)*
- *Inclusão na Antologia Brasil em cantos e versos – Natureza, Editora Melhoramentos*

1994
- *Memórias de um assoviador (humor, Schumkler Editores)*
- *Os gigantes de Kashtar (conto editado anteriormente em A sala do jogo, Atual Editora)*

1995
- *Inclusão na antologia Ponte Poética Rio-São Paulo (Sete Letras Editora)*

2000
- *Inclusão na Antologia Poética da geração 60 (Nankin Editorial)*
- *Inclusão na Brasil 2000 – Antologia de Poesia Contemporânea Brasileira (Alma Azul, Coimbra, Portugal)*

2001
- *Inclusão na antologia Os cem melhores poetas brasileiros do século (Geração)*

2003
- *O canibal vegetariano (poemas, Geração)*

2004
- *Inclusão na antologia Paixão por São Paulo (Editora Terceiro Nome)*

2006
- *Inclusão na Antologia comentada da literatura brasileira – poesia e prosa (Editora Vozes)*

2011
- *Inclusão na antologia Roteiro da poesia brasileira – anos 60 (Global)*

2014
- *Tango, com violino (romance, Tordesilhas)*

2015
- *Inclusão na antologia Rubem Braga – A poesia é necessária (Global)*
- *Balada para os últimos dias (poemas, SESI-SP Editora)*
- *Cem gramas de Buda (contos, SESI-SP Editora)*
- *A sala do jogo (contos, 2ª edição, SESI-SP Editora)*

Exposições

1999
- *Galerie Dina Vierny Paris*

2000
- *Embaixada do Brasil na Holanda, Haia*
- *5 Continenten 1 Wereld – Galerie & Beeldentuin Laerken Hazersmonde, Amsterdã*
- *Galerie Kühn, Berlim*

2001
- *Galerie Kühn, Bremen-Lilienthal, Alemanha*
- *Plusgalleries Antwerpen, Bélgica*
- *Galerie Birkenried, Gundelfingen, Alemanha*

2002
- *Pinacoteca do Estado de São Paulo*
- *Museu Nacional de Belas Artes, Rio de Janeiro*

2009
- *Residiu, com sua mulher, em um ateliê em Velletri, Itália*

2010
- *Residiu, com sua mulher, em um ateliê, em Montmartre, Paris, a convite da Cité Internationale des Arts*

Editor chefe
Rodrigo de Faria e Silva

Produção editorial
Letícia Mendes de Souza

Editora assistente
Gabriella Plantulli

Assessor editorial
Mario Santin Frugiuele

Produção gráfica
Aline Valli
Valquíria Palma

Projeto gráfico e diagramação
Desenho Editorial

Ilustração
Eduardo Nunes

©Eduardo Alves da Costa, 2016

TWO SIDES
www.twosides.org.br

Este livro foi composto pelo estúdio
Desenho Editorial em Chaparral e Firefly
e impresso pela gráfica Geográfica em
papel Pólen bold 90g/m² para a SESI-SP
Editora em junho de 2016.